だいわ文庫

おいしいアンソロジー ビール

今日もゴクゴク、喉がなる

阿川佐和子 他

大和書房

ビール　今日もゴクゴク、喉がなる

目次

妻に似ている ● 川上弘美

かわかみ・ひろみ
1958年東京生まれ。小説家。『神様』で紫式部文学賞、Bunkamura ドゥマゴ文学賞、『蛇を踏む』で芥川賞、『溺レる』で伊藤整文学賞、『センセイの鞄』で谷崎潤一郎賞受賞。その他おもな著作に『風花』『晴れたり曇ったり』など。

ビールのおいしい季節である。

ビールという言葉をきいて思い出すことはさまざまあるが（大方は酒の上の失敗である。とほほ）、こんな思い出は、どうだろうか。

二十代の前半のころだったか。私は都心の大きな公園の芝生に座って缶ビールを飲んでいた。よく晴れた昼下がり。一人で昼間っからビールを飲んでセイシュンの感慨にふけっていたわけである。十代から二十代にかけては、一人でいたい盛りだった。一人で雲を眺め、一人で本を読み、一人でノートに何やら書きつけたものである（今考えるととても恥ずかしい）。

ふと見ると、向こうから初老の男性が歩いてきた。背筋が伸びて堂々とした様子の男性である。「ビール、おいしそうですね」近づいてきて、彼は言った。いい声だ。隣に座っていいですか、と聞きながら、男性は真っ白いハンカチを取り出し芝生に敷く。なんとなく頷《うなず》いていた。逆らえない感じが男性にはあった。威圧的というわけではないのだが。しばらく天気の話をした。太平洋高気圧だの温暖前線だのについて、ぽつぽつ話した。「ビール、飲みますか」間がもてなくなり、私は一缶をさしだした。鷹揚《おうよう》な様子で男性は受け取る。並んで、日差しを浴びて、ビールを飲んだ。そのうちにビールがなくなった。「買ってきましょう」と男性が言う。「はあ」とぼんやり答えると、男性はまっすぐにてのひらを差し出した。「え？」「お金、お願いいたします」

よくわからぬうちに、なけなしの二千円を差し出していた。男性は端然と立ち上がり、ハンカチをたたみ、ゆっくりと歩いていった。それきり帰ってこないかもしれないと思ったが、男性は二十分ほどたってから現れた。ビールにワンカップの酒。いかのくんせいに柿の種。男性は再びハンカチを取り出し、芝生の上に敷いて座り、背筋を伸ばしたままビールのプルリングをていねいに引っ張りあげた。

ずっと、天気の話をしていたような気がする。少し日が傾いてきて肌寒くなるころに、カップ酒を飲んだ。甘味が、おいしかった。太平洋高気圧と寒冷前線の通過について話し尽くしたころ、男性は「煙草をくださいませんか」と言いながら立ち上がった。箱から一本取り出して渡すと、「全部、下さい」と男性は言った。なんだかわからないまま、箱ごと渡した。男性は乱れぬさまで頭を下げた。

「いろいろありがとう。あなたはわたしの妻によく似ています」最後に男性は言った。真面目な顔である。座り込んだまま「はあ」と私は答えた。「煙草、もう一箱持ってませんか」続けて男性が聞くので、鞄《かばん》の中を探してもう一箱を渡した。男性は大きなため息をつきながら煙草を受け取り、ゆっくりと去っていった。

ビールは今も毎日飲むが、芝生で一人飲むことはあれ以来ない。男性の妙な存在感は、やわなセイシュン性にひたっていた私を圧倒し、脱帽させた。一人でいるのが好きだったが、ほんとうは一人でいるのが不安だった。

煙草を、一カートンほど用意して、次の日も芝生に座っていればよかったのに、と今ではときどき思う。今だから、思えるんだろうけど。

とりあえずビール

阿川佐和子

あがわ・さわこ
1953年東京生まれ。作家、エッセイスト。TBS「情報デスクToday」「筑紫哲也NEWS23」「報道特集」でキャスターを務める。以後、執筆を中心にインタビュー、テレビ、ラジオ等幅広く活動。おもな著作に『聞く力』『ブータン、世界でいちばん幸せな女の子』『母の味、だいたい伝授』など。

蕎麦屋さんに入って席についたら、隣りの席から通る声できっぱりと、

「とりあえず、ビール」

注文する女性客の声が聞こえてきた。

チラリと視線を向ければその年配の女性に連れはなく、でも店とは馴染みらしく、仲居さんと親しそうに話をしている。その会話の流れのなかで、「とりあえずビー

ル」という言葉が響いたのだった。

おお、と、私は感心した。これほどさっぱりすっきり言われると、ビールもさぞやうれしかろう。

かねがね私は、この「とりあえず」という接頭語をビールの上につけないよう心がけてきた。「とりあえず」ってことはないだろう。「とりあえず」という言葉には、「不十分。必ずしも満足していない」という意味が含まれる。ビールでは不満だが、他にないからしかたがない、あるいは、本当に飲みたいお酒は他にあるが、まっ、ビールでもいっか。そんな気持でビールを飲むのは失礼だ。そう叱られて以来、言うのをはばかってきた。

しかし私の心の中の「とりあえず」は、「まず」「最初に」という意味合いが強い。なんたって最初はビールでしょ。忙しかった一日の仕事をすべて終え、あるいはさんざん汗を流し、喉をカラカラにして、でも水もお茶も飲まずに我慢して、やっとこの瞬間を迎えたのである。この喉の渇きを潤す手だてといえば、ビール以外に考えられない。とにかく早くビールが飲みたい。ギンギンに冷えたビールで喉を潤したい。その渇望のあらわれが、「とりあえずビール」という言葉に凝縮されている。

と、秘かに思う気持があったのだけれど、「そりゃ失礼だ！」という意見に圧倒されて、長らく遠慮していた。しかしこのたび、くだんの女性のすがすがしい声に勇気づけられた。よし、今度から、堂々と言っちゃうぞ。

「お酒はなにがいちばんお好きですか？」

聞かれると、なんと答えてよいものかと戸惑う。

「なによりこれが好きというものはなく、食べるものによって決めることが多いですね」

お寿司や天ぷらなら日本酒か焼酎。洋食系ならワイン。中華料理の場合は紹興酒。基本的に、料理と同じ出身地のお酒を選ぶようにしている。が……、とここで思い出したように必ず付け加える。

「でも、最初はビール！」

そう答えるときの気持を喩《たと》えるならば、『ローマの休日』のオードリー・ヘプバーンの心境である。

「各国を訪問なさって、いちばん印象に残った街はどこですか？」

記者会見場で質問を受けたオードリー・ヘプバーン演じる王女は、

「いずれの国も素晴らしく……」

答えかけ、ふと、つかの間の恋に落ちた新聞記者、グレゴリー・ペックと目が合うと、毅然とした面持で言い直す。

「ローマ。ローマがもっとも印象的でした！」

そのせつなくも美しい彼女の笑顔を思い浮かべつつ、私は返答するのである。

「ビール！　とりあえずビール！」

ただ、私にとってビールはあくまでも、最初の一杯にかぎる。ビールばかり飲み続けるとお腹が膨れて、感激は徐々に薄れていく。それなのに、どうして最初の一杯は、あれほどおいしく感じられるのであろうか。

ついでに言えば、ビールはなんたってよく冷えていることが肝心だ。先日、自宅でビールを飲もうと思ったとき、思い立ってグラスを冷凍庫に入れてみた。一緒に飲もうと約束した友が到着するまでしばらく時間がある。ならば待つ間にグラスを冷やしておきましょう。こうして友が遠方より来たる折、

「疲れたでしょう。さあさ、まずはビールを」

冷凍庫から、白い霜に覆われたグラスを取り出して、そこへ冷えたビールを注ぎ、

差し出した。もちろん自分の分も注いで、いざ「乾杯！」。グイッと飲み干したとき、

「ウヒイ！」

思わず互いの口から出た言葉は、

「グラスが冷えてると、またいっそうにおいしいですなあ」

ビール本来のおいしさを味わうのであれば、冷えすぎはよくないと、これも誰かに教えられたことがある。そうか、冷えてりゃいいってものではないのねと、そのときも反省し、ほどよく冷やすことを念頭に置いていたけれど、これもこのたび撤回する。

ビールはグラスごと、ギンギンに冷えているのが好きであるぞ！

さらに言えば、ビールの泡問題。

「そんなに泡を立てて、どうするの」

私がビールをグラスに注ぐたび、たしなめられるのは泡の立て方である。私はいつも、全体量の三分の一近くを泡にする。そうすれば、同席の人々全員のグラスが満たされて、「それでは乾杯！」というときに、だいたいちょうどいい泡の分量に

なっている。しかも上層部の大きな泡が消え、小さな泡だけが残ってちょうど飲み頃になっているからだ。が、世の中の多くのビール好きは、ビールを注ごうとすると、グラスを斜めにし、なるべく泡が立たないようにして、最後にお愛想程度の、すなわち全体量の八分の一ほどの泡を残す。これでは乾杯の段になったとき、泡が完全に消えてしまう。

「泡のないビールなんて、ビールじゃない！」

心の中で叫ぶのだが、泡問題に関してはあまり賛同を得られない。皆様は、どう思われますか？

ブルー・リボン・ビールのある光景 ● 村上春樹

むらかみ・はるき
1949年京都生まれ。小説家、翻訳家。『風の歌を聴け』でデビュー。1987年『ノルウェイの森』がベストセラーに。その他のおもな著作に『海辺のカフカ』『1Q84』『騎士団長殺し』『街とその不確かな壁』など。

「ビールは缶よりは瓶で飲んだ方がずっとうまい」と以前に書いた。でも日本では面倒なのでついつい缶ビールを飲んでいる、と。覚えてますか？　いや、とくに覚えてなくてもいいんだけど（『村上ラヂオ2』参照）。でもそんな僕も、アメリカで暮らしているときはまず瓶ビールしか飲まない。スーパーのビール売り場に行くと、瓶ビールが中心に並べられているし、買っていく人を見ても、缶よりは瓶のケースを選んでいく人の方が多い。「ビールは瓶で飲むものだ」と考える人が多いからでしょうね。持ち運びが多少重くてもあまり気にしないみたいだ。

それから「うちのビールは瓶でしか飲んでほしくない」と、方針として缶ビールを作らないビール会社が外国には少なからずある。僕の好きなビールはなぜか、だいたいその手の会社だ。ローリング・ロック、バス・ペール・エール、サミュエル・アダムズなど。僕はこの三種類のブランドを冷蔵庫に常備して、そのときの気分によって飲み分けている。

もうひとつ僕が愛好するブランドは、これは瓶だけではなく缶でも販売されているけど、ブルー・リボン。とりたてて美味《うま》いというものではないが、さっぱりした淡い味わいで、昼下がりなんかに気楽に飲むのに向いている。マサチューセッツ州ケンブリッジに住んでいるとき、近所にブルー・リボンのドラフトを出すバーがあって、夏の暑い午後にはよくここに飲みに行った。テレビはいつもボストン・レッドソックスの試合中継を映していた。

以前小澤征爾《せいじ》さんがうちに遊びに見えたとき、冷蔵庫からその四種類のビールを取り出して、「どれがいいですか?」と尋ねたら、「おお、ブルー・リボンがあるじゃないか！」とすごく感動してくれた。

小澤さんの話によると、ニューヨークで指揮者レナード・バーンスタインの助手をしていた頃、収入がほとんどなくて貧乏暮らしを余儀なくされていた。ビールもいちばん安いものしか飲めなくて、それがブルー・リボンだったということだ。今はとくにブルー・リボンが特別安いということはないんだけど、まあ格としては「労働者のビール」というところだろう。お洒落《しゃれ》な「デザイナーズ・ビール」ではない。マエストロは「ああ、懐《なつ》かしいなあ。貧乏してた頃を思い出すなあ」と感に堪えぬ様子でブルー・リボンをくいくい飲んでおられた。もちろん気に入っていただければ何よりなんだけど。

クリント・イーストウッドの映画『グラン・トリノ』で主人公の、超頑固でタフな元自動車組み立て工のおっさんが、常に国旗を掲げた自宅のポーチで飲むのも、常に缶入りのブルー・リボンだった。手すりに足を載せ、狭い前庭を面白くもなさそうに眺めながら、缶のまま飲み、飲み終えると片手でくしゃっと握りつぶす。そのつぶれた空き缶が足もとに積もっていく。デトロイトのいかにもブルーカラーが居を構えそうな一角の風景に、ブルー・リボン・ビールはよく似合っていた。

一九六〇年代前半のマンハッタンの安アパートで、小澤征爾さんが飲むブルー・リボン・ビールも、きっとよくその風景に似合っていたに違いないと僕は想像するんだけど。

ローリング・ロックとサミュエル・アダムズは、今では缶ビールも作っているみたいです。（2023年）

炎天のビール ◉ 山口瞳

やまぐち・ひとみ
1926年東京生まれ。小説家、随筆家。週刊誌のコラム「男性自身」は、31年間も続いた人気連載。『江分利満氏の優雅な生活』で直木賞受賞。その他おもな著作に『血族』『居酒屋兆治』など。1995年没。

全く久しぶりで、女房と倅《せがれ》と三人で散歩に出た。暑い日だった。

私たちは、昔から案外に炎天のときに外に出ることが多かった。ひとつには、三人とも夏が好きだということがある。また、家でぐたぐたしていると余計に暑いという考えもあった。

駅までの広い道を歩いて行った。学校から帰ってくる小学生と一緒になった。駅までは、かなりの距離がある。夏休みが近いので、子供たちは浮き浮きとしていた。

ナゾナゾをだしてくれと言った。私と女房とで、何問かを考えた。

「ぶつと出て、つねるとひっこむものはナーニ」

と、小学生の一人が言った。

女房がその子供の額を打った。その子供は舌を出した。ノドをつねると、舌がひっこんだ。

「舌でしょう」

「そう」

子供は照れて赤い顔をした。そうやって歩いていった。

＊

「コーヒーでも飲もうよ」

倅が言った。

「寿司屋へ行ってビールを飲もうと思っているんだ」

「こんな時間で、やってる？」

十二時を過ぎた所である。

「やってるさ。昼飯を食べにくる人がいるから」

寿司屋へ行くと、卓の上に顔をうつぶせて寝ている老人がいた。

「ビールをください」

よく冷えた大瓶が目の前に置かれた。

若い男が入ってきて、鉄火丼《てつかどんぶり》を注文した。それから、私たちを見て、ビールを追加した。そのビールというときの発音に重々しいものがあった。

次に、いかにも恋人同士らしい若い男女がはいってきて、握りを注文し、同じようにビールを追加した。昼間でもビールぐらいならいいやという感じがあった。

私は二本目のビールを頼んだ。

こちらも、三人で二本ならいいだろうという考えがあった。

「いつでも、こうなんですよ」

おかみさんが寝ている老人を見ながら言った。老人は集金をすませて、二本のビールを飲むのを楽しみにしているという。

「あのカバンのなかに大金がはいっているんですよ」

それが聞えたようで、老人はカッと目をひらき、カバンをかかえた。それを持って便所に通ずる廊下のほうへ出ていった。そのまま帰ってこない。寿司屋の息子の報告によると、廊下でカバンをかかえて寝ているという。

「二本ぐらいでねむくなるものかね」

「ねむくなるわよ。ビールって、飲むとねむくなるわよ」

そう言ったのは女房である。

私も、ビールなんていうものは、こんなふうにして飲めばいいんだと思った。

私たちが帰ろうとするときに、恋人らしい一組は、おたがいに、コップ八分目ぐらいのビールが残っていて、つまり、少しばかり口をつけただけであることがわかった。

ビールなんて、それでいいと思った。

ピルゼン ● 吉田健一

よしだ・けんいち
1912年東京生まれ。英文学者、批評家、随筆家。『シェイクスピア』で読売文学賞、『日本について』で新潮社文学賞、『ヨオロッパの世紀末』で野間文芸賞受賞。その他おもな著作に『甘酸っぱい味』『英国の近代文学』など。1977年没。

洋食には葡萄酒が付きもので、これは輸入品で右※の値段が当り前だから、日本で外国並の洋食は考えものだとも言える。それでビイルを標準に考えると、交詢社の西側に一つある。このビルの一階で西側になっている所に、ピルゼン・ビヤホオルというのが他の店に挾まれていて、ここで出すボルシチだの、ピロシキだののロシア料理はビイルの肴にもいいし、それだけで食事にもなる。

ビイルはニッポン・ビイルの生の規格品であり、テレビが置いてあるのは困りものだが、これはその方に背を向けて腰掛ければすむ。ここも、普通のビヤホオルとは違った感じで、一人で食事し、一人でぼんやり飲むのに適している。まだ暗くならない春の宵など、これから益々よくなる筈である。

※編集部注
出典の右ページに「少しでもましな葡萄酒を注文するならば、普通の料理店では二千円は取られる。」とある。

駅前食堂のビール

川本三郎

かわもと・さぶろう
1944年東京生まれ。評論家、エッセイスト。『荷風と東京『断腸亭日乗』私註』で読売文学賞、『林芙美子の昭和』で毎日出版文化賞受賞。その他おもな著作に『マイ・バック・ページ　ある60年代の物語』『大正幻影』『いまも、君を想う』など。

旅の楽しみのひとつは駅前の大衆食堂で飲む一本のビールではないか。

列車を降り、駅前に昔ながらの大衆食堂を見つけると、まずはそこに入り、ビールを飲む。旅に出ると昼間からビールを飲んでもうしろめたい気持はせずにすむ。

北海道の函館が好きでよく出かける。帰りは飛行機だが、行きは東北新幹線から乗り継いで列車で行く。函館駅で降りるとまずは駅に近いTという大衆食堂に入る。

駅前の朝市のなかにある観光客相手の食堂と違って、ここは地元の人が日常的に利用する普段着の店。

テーブルが三つほどとカウンター。カウンターの横には煮魚や焼魚、刺身など惣菜が並べられていて好きなものを選べる。焼いたホッケやイカの刺身を肴にビールを飲む。函館に来たなと心はずむ。

駅前食堂はかつ丼からそばまでたいていのものがある。酒も飲める。駅前で客の出入りが多いから一人でビールを飲んでいても目立たずにすむ。匿名の個人になってくつろげる。

ファミリー・レストランというのは車社会のものだろう。鉄道の旅が好きな人間には、くつろぐのなら駅前の大衆食堂がいい。

一昨年（二〇〇五）、次の年（つまり昨年）廃線になるという北海道の、北見と池田を結ぶふるさと銀河線に乗りに行った。ほぼ中間にある足寄《あしよろ》の駅で降りた（歌手の松山千春の出身地）。

うれしいことに駅前に大衆食堂があった。老夫婦がもう四十年も営んでいるという。ジンギスカンを肴にビールを飲んだ。居心地がよくいつもは一本のところが二本になった。鉄道が廃線になると、こういう駅前食堂も消えてゆくのだろうか。

二十年以上も前、敬愛する亡きドイツ文学者の種村季弘《すえひろ》さんと阿蘇山の近くにある垂玉《たるたま》温泉と地獄温泉に行ったことがある。

熊本から豊肥本線で立野まで行き、そこで高森線（現在の南阿蘇鉄道）に乗り換える。待ち時間が一時間ほどある。駅前に格好の大衆食堂があった。

迷うことなくそこに入り、二人で昼間からビールを飲んだ。酒の肴は馬刺だったか。居心地がいいのでつい量が多くなった。

ほろ酔い気分になった頃、おかみさんが大きな声でわれわれにいった。

「お客さん、汽車、来てるわよ、あれに乗るんでしょ」

あわてて駅に走った。なんとか高森線の列車に滑り込めた。汽車が走り始めてから、どちらともなく気がついた。「ビール代を払うのを忘れた！」。

立派に無銭飲食をしてしまった。あの駅前食堂はまだ健在だろうか。元気なうちに立野にまた行きたいと思っているのだが。

最近、甲州路を走る中央本線に凝っている。高尾より先、甲府まで。駅が二十ほどある。そのひとつひとつで下車して町を歩く。といっても大きな町は大月、塩山、山梨市、石和《いさわ》温泉ぐらいで、小さな町が多い。

駅前食堂どころか、商店らしきものが見当らない駅もある。たとえば高尾から四つ目の四方津《しおつ》という駅で降りた時は、みごとなくらい店がない。がっかりして駅前にひとつだけあったコンビニで弁当を買ってしのいだ。これはわびしかった。

逆によかったのは高尾から甲府に向かって三つ目の上野原。駅は山を背にしてあるが、その駅前にきちんと駅前食堂があった。基本はラーメン店らしいが丼ものもあるし、肴も豊富。

餃子を肴にビールを飲んだ。店は少し高台にあり、窓から上野原駅が見下ろせる。その先には桂川が流れ、川沿いに町が広がっている。新緑の頃だったので眺めが素晴しい。

美しい風景がビールの最高の肴になった。杉並区内のわが家から一時間半ほどのところにこんなにいい駅前食堂があるとは。

そう、四方津にまた行った時、駅から少し歩いた山道に沿ってぽつんと一軒、なんと寿司屋があった。そこでアユの塩焼を肴に飲んだビールのうまかったこと。また行きたい。

列車でビール 長旅には酒器を連れて ● 恩田陸

おんだ・りく
1964年宮城生まれ。『夜のピクニック』で吉川英治文学新人賞、本屋大賞、『ユージニア』で日本推理作家協会賞、『中庭の出来事』で山本周五郎賞受賞。その他おもな著作に『六番目の小夜子』『光の帝国 常野物語』『私の家では何も起こらない』など。

旅の始まり。列車に乗って席に落ち着き、プシュッと缶ビールを開ける瞬間に優《まさ》る幸福を、ちょっと思いつくことができない。

この席に辿《たど》り着くまでには多大な労力を払っているので、より一層、今ここに確保した席と確保された時間にじわっと嬉しくなるのだ。

つい、列車に乗る前にはあれもこれもとおつまみを買ってしまいがちだが、だいたい胃袋がついていかず残してしまう。さんざん罰当たりなことをしたので、最近はどんなに長距離でも買うおつまみは一種類のみ。マイブームはタンドリーチキンか、最小サイズのシュウマイひと箱。

缶ビールはそのまま飲んでも旅の趣があるけれど、海外取材に行く時や、長距離の移動でビール以外のお酒を飲む時に、プラスチックや紙のコップは味気ない。

だから、ここ数年は、てのひらに収まるサイズのカップを持参する。ステンレスサーモのデミタスカップや、フランス製の耐熱強化グラスは、トルコや中国の夜行列車で旅情を深めてくれた。日本国内ならば、ぐいのみより大きく湯呑みよりは小さい陶磁器を、緩衝材に包んでカバンの隅に突っ込んでおく。連れがいるのなら、ティッシュ一枚挟んでもうひとつ重ねておけば、たいして場所を取らない。使ってみると、車窓の細長いスペースや、肘掛けの中の小さなテーブルにも馴染《なじ》むし、お酒がワンランクアップしておいしくなったような気がする。

旅先に持参するつまみについては日頃から研究を重ねている。軽くてかさばらなくて腹にはたまらないが、それなりに食べて満足感のあるもの。おいしくて酒のアテになり、少量でも時間を掛けて楽しめるもの。

となると、やはり日本の乾きものはすべての条件で優れている。結局、柿の種、剣先するめ、ジャイアントコーン、果物入りのチョコレートあたりが今の定番である。あと、チーズ鱈というのは偉大な発明で、最近のものは贅沢なチーズを使い、おいしくなっているので侮れない。これ、チーズも鱈もよく食べる北欧に輸出したら売れるのでは。

いつでも旅に持ち出せるよう、食料棚にはそれらのストックを欠かさない。今も器の店に入ると、旅のお供に連れていきたいぐいのみを無意識のうちに探している。酒器を買うということは、お酒を楽しむ時間を買うことなのだと実感する。ああ、気に掛かっているあの仕事を終わらせて、ふらっとどこか行きたいなあ。旅の時間を切望するあまり、ついついぐいのみの数ばかりが増えていく。

もうしわけない味

平松洋子

ひらまつ・ようこ
1958年岡山生まれ。エッセイスト、フードジャーナリスト。『買えない味』でBunkamuraドゥマゴ文学賞、『野蛮な読書』で講談社エッセイ賞受賞。その他おもな著作に『おいしい日常』『サンドウィッチは銀座で』など。

真夏の名古屋は猛烈な暑さだ。ぎっしり満員の新幹線からほうほうの体《てい》でホームに降り立つなり、容赦のない熱波が襲いかかる。

「暑いですねえ、名古屋は」

「いやもう暑い」

「なんでこんなに暑いのか」

会うなり、お互いおなじせりふばかり繰り返している。四日市から車でやってきたコウイチさんと名古屋駅の太閤通口《たいこうどおり》で落ち合った。

「仕事が終わったらおいしいもの、食べに行きましょう。いや、イッパイ飲《や》りましょう」

飲みともだちは話がはやい。待ってました。

「行きたいところがあるの」

「どこですか、それ」

「あのね、広小路伏見角の居酒屋『大甚《だいじん》』」

「大甚」は創業明治四十年。おおきな「酒」ひと文字をくっきり染め抜いた紺暖簾《こんのれん》を掛け、日々続々とやってくる地元客を迎え入れる。玄関脇の赤煉瓦のへっついには、年季の入った燗付場《かんつけば》。でんと座った白木の四斗樽の木栓をひねっていったん錫《すず》の片口《かたくち》に受け、それを徳利《とっくり》に小分けしてからおおきな羽釜《はがま》で燗をつける。いやもう「大甚」の燗酒のみごとな塩梅《あんばい》にはうなります。これまでなんど居酒屋好きから聞いたことか。「日本の居酒屋の鑑《かがみ》」と誉れも高い大衆酒場である。

「いいですね『大甚』、行きましょう。開店は何時でしたっけ」

「ええと、たしか四時」

聞くが早いか、コウイチさんはたちまちハンドルを伏見通り方面へ切り替える。

「だいじょうぶ、あとの運転、わたしが代わりますから」

助手席の妻のキョウコさんも馴れたものだ。ときはまさに四時ぴたり、仕事のまえに「大甚」でビールを駆けつけ一杯。とびきりの路線変更に沸きたち、うだる暑さが一気に遠のく。

年季の入った「酒」の暖簾を分け、がらりと戸を引くと広い店内にはぽつんとひとり客、奥まった席にふたり客。みな白髪まじりのおじさんだ。入り口ちかくに席をとり、落ち着く間もなく立ち上がり、小鉢がぎっしり並んだ大卓へ移動してあれこれ物色する。

おから。かしわうま煮。きゅうりの酢の物。鯛の子の煮もの。魚の唐揚げ。たけのこ煮。ポテトサラダ。ほうれんそうのおひたし。厚揚げとさやえんどうの煮もの。きぬかつぎ……目がよろこんでよろこんで、迷いたがる。小鉢はどれも二百円か三百円。

「ええと、わたしはまず枝豆と筆しょうが」

「じゃあ、ごま豆腐」

いそいそ小鉢を自分の席に運ぶ。

「それからビール一本！」

すかさず前掛けすがたのおにいさんが、栓抜きでしゅぽっ。年季の入った黒光りする卓のうえに、たちまち夏の風景が広がる。ごくごくごく、ごくごく。つめたいビールを飲み干して息をつくと、午後四時十六分、そこには桃源郷が広がっていた。居酒屋は夕刻に暖簾をくぐるにかぎる。口開けのころ、すぐ。掃除したての店内にはすがすがしい風が通っている。お客のすがたはぽつり、ぽつり。しんと静まって、こころなしかみなおとなしい。けれども、どこかうれしそうだ。

「優越感ですね、こんな早くから堂々と飲んでる、っていう」

コウイチさんが三杯めのビールをごくりと飲み、ついでに枝豆をみっつ、たて続けに齧《かじ》る。

そのとおりだ。日の高いうちから飲んでいる。世間さまはりっぱに仕事をなさっているというのに、こんな時間からもう飲んでいる。えへへ、すみませんね。だれに気がねをする必要もないのに、そこはかとなくもうしわけない気分に襲われるのだが、しかしそれを凌駕《りょうが》するのは優越感だ。自分だけこっそり贅沢をしているとくべつ感だ。いやあ、うれしい。酒のおいしさに自慢げな気分がくわわる。

おなじ居酒屋でも、時間によってまるで味わいがちがう。暖簾を掛けてすぐのじぶん、日暮れまえ、すっかり満員になってがやがやと喧噪《けんそう》の極まる夜七時、八時ごろ、店に流れる空気はべつものだ。刻々とうつろう空気の流れもまた居酒屋の醍醐味。それに気づいたのは、居酒屋に通いはじめてからずいぶん経ったころだが、すると、居酒屋通いがいっそうたのしくなった。

だから夕暮れどき、ひとりで暖簾をくぐるときもこころたのしい。口開けのころあいにするっと身を滑りこませ、のんびり徳利を傾けるうち、窓のそとに夕闇が迫る。今日もまた、ゆるやかに居酒屋の時間がはじまる。席をふたつ空けたところにひとり、カウンターのすみにひとり、だんだんひとのすがたが増えていくと、そのぶん店のなかの空気に厚みがそなわり、ゆっくりと密度が上がってゆく。だれもほかのお客のことなど意に介していない。けれど、ほんわり宿っているのは、ひとが醸《かも》し出す熱のようなもの。すでに、さきごろのすがすがしさとはちがう情感が流れはじめている。その変化に肌で触れることができるのは、早々に暖簾をくぐった果報だ。

そうこうするうち、いつのまにか居酒屋の時間のなかにまぎれ、酒の味わいのなかにゆるりと溶けこんでゆく。

がらり。使いこまれた「大甚」の戸が開いてまたひとり、お客が入ってきた。夏帽子をかぶり白い麻の開襟シャツを着てハワイ航路に出るみたいなおじさんだ。創業百年を越えてなお、「大甚」は毎日変わらず、おじさんたちを迎え入れてきた。いい店だなあ。思わずグラスに手を伸ばして飲み干したら、絶好のタイミングで店のおにいさんが新しいビールを卓にとん、と置いてくれる。

「大甚」の柱時計の針は、まだ五時を回ったばかりだ。

ビールのおつまみ

辰巳浜子

たつみ・はまこ
1904年東京生まれ。料理研究家。「ふつうの主婦」と自称するも、独学の料理が評判となりメディアに登場し、活躍。おもな著作に『手しおにかけた私の料理』『娘につたえる私の味』など。1977年没。

初夏の太陽がカアーッと照りつけはじめると冷たいビールをジョッキでぐっと一杯ひっかけたい誘惑にかられます。一日の疲れが一杯のビールで吹き飛ぶ、まことに結構。ビヤホール、ビヤガーデンは、白いワイシャツの人たちで大入り満員。近頃は、ご婦人の方々も混ってなかなか頼もしいかぎりです。ビールの売上げの高い年は好景気とか。去年は不景気のなせるわざか、ビールの売上げがあまり伸びなかったようでしたが、本年はどうでしょうか。

土曜、日曜ぐらいはわが家をビヤホールとされたらいかがでしょうか。庭の草取り、または芝刈りをして水まきをし、一風呂浴びて家庭用生ビールを適度に冷やして（夏は七、八度）、縁側で一杯。アパート住まいで庭がないなどといわないでください。お部屋を整理整頓して植木鉢の一つも置いて、湯上がりの部屋着にくつろいで、ビールで乾杯。「イイジャナイ」

私の主人は大のビール党で、ビール会社からほうびをいただきたいくらいです。長者丸（山手線恵比寿駅の近く）で育ったせいか、サッポロビールを飲み慣れて、その飲みっぷりたるや実に見事なものです。塩でみがいて油けを除き、麻のふきんで拭きあげた薄手の小さめのコップにビールをつぐと、一息にガバッと飲み干すのです。壮年の頃は友人を引き連れて帰っては、まるでビールの倉庫でもかかえたような気持なのでしょうか。「オイッ！　ビールビール」で、お蔭で私は質屋通いまでしたものです。

そんなことで、せめておつまみだけでも安くて、気がきいて、おいしくて、からだにさわらないものをと、三拍子ならぬ四拍子もそろったものを、ない知恵をしぼって工夫したものです。それをあれこれ思いつくままに申してみましょう。

おつまみと申すくらいですから、手でつまんでほうり込めるものか、せいぜい楊枝に刺して食べられるものです。からりとしてちょっと塩けのあるものや、しっとりしてこくのあるものなど喜ばれるようでした。

空豆、ピース、枝豆の塩茹では春から夏の味で、秋は煎りたてのぎんなんなど気がきいています。五、六月は島根県日ノ御碕《ひのみさき》のわかめを焼いていただいております。一年中絶えず繰返すのは、お正月の鏡餅を堅餅に干したり、寒餅をたんざくに切って一年分干しあげておき、揚餅にするのです。良質の昆布を揚げて混ぜ、盛りかごに盛るのですが、これはたいそうよく受けます。

ポテトチップ、じゃがいもを薄く同じ大きさに切るのはなかなか技術を要するので、千六本に切って一度水にさらして揚げるのです。さつまいもを同じように扱うのもなかなかよろしいものです。ごぼうを木綿針の太さに切って水にさらし、生小麦粉をかけ、ちょっとまとめて揚げるとパリパリしてとても喜ばれます。らっきょうを塩漬けしてちょっと酸味をもつようになったものを、冷たくしてガラス器に盛って出すとどなたも絶賛されます。玉葱の薄切りを氷水でさらして冷たくパリッとさせ、花かつおをかけて生醤油を少々かけるのも、食パンの薄切りをサラダ油で揚げ、オイルサージンを玉葱でマリネしてパンの上にのせ、レモンの薄切りととき辛子を添えるのもビールによく合うものです。

燻製、ハム、チーズの類、また木の実を三、四種類混ぜ合せたものをおすすめします。

ビールにはなるべく、油けを使ったものをおつまみにされるほうが、からだのためによいようです。

ビールの話

岩城宏之

いわき・ひろゆき
1932年東京生まれ。指揮者。NHK交響楽団正指揮者、東京混声合唱団音楽監督、メルボルン交響楽団終身桂冠指揮者などを歴任。『フィルハーモニーの風景』で日本エッセイスト・クラブ賞受賞。その他おもな著作に『オーケストラの職人たち』など。2006年没。

日本はこんなにデカイ国なのに、なぜビール会社が四つしかないのだろう。沖縄のオリオンを入れても五つである。よそでは一つの街にそれぞれ三つか四つ、あるいはそれ以上の銘柄があって、国全体ではいったいいくつあるかわからない、といった国が多いのだ。でもわが国の日本酒の種類の百花撩乱さは、ちょうどこれと同じようで、そういえば日本のワインもえらく種類が少なくて、フランスやドイツの畑ごとに違う銘柄というのには程遠いから、伝統のない所に突如出現して「会社」という企業として始まったからなのだろうか。

そういえばアメリカのビールもそのわりに数が少ないような気がする。こちらが不勉強なのかもしれないが、アメリカじゅうどこへ行ってもバドワイザーかシュリッツぐらいしか飲んだことがなく、小さな会社のユニークなのがあるかもしれないけれど、テレビのコマーシャルでお目にかかるのも決まりきった大企業の製品名ばかりみたいだ。

大企業が市場をおさえている国に行くと名の知れないのはなんとなくインチキくさい気がしてきて、有名品だけを安心して飲むようになるからヘンである。コーラだって、コカコーラやペプシコーラ以外にもいろいろな種類がどの国にもあるが、コリアコーラなんて名前を目にすると、どうしても敬遠してしまう。いつのまにか大企業に毒されていて、未知の味への探求心が消滅してしまっているのだろうか。

その点ドイツのようなビールの本場に行くと、大メーカーの有名な製品は、新聞の全国紙のようにどこでも買うことができるが、それよりはその街、その村の独特のビールのほうが、むしろ地域的に幅をきかせていて、こちらもそこにいる間じゅう、普段、目にしたこともない各種のビールを、あれこれ飲み比べて楽しむ気持になるのだ。

だいいち、ビールはできたてのを、なるべく早く、できた所からごく近い場所で飲むのがうまいのだ。トラックに何千本も積み込んで、日向《ひなた》を何時間もかかってチャンポンチャンポンと揺すりながら運んできたのは、もう重病のビールだと言っていい。朝暗いうちに昨夜できたのを、馬車で運んできて、着いたときから冷やしだし、夕方に来たお客にだすというのが最高だ。

馬車でゴトゴトもトラックのチャポンチャポンと同罪ではないかと思うのだが、いや、ビールは馬車で運ぶとうまくなるのだ、と頑固に信じたまま、いまだに馬車を使ってビールを配達しているビール屋さんがドイツの田舎にはまだずいぶん残っている。

しかし、しつこいようだが、馬車であれトラックであれ、やはり動かさないほうがよいに決まっていて、その証拠には、小さな町の、その町の銘柄をそこの飲み屋で飲むよりも、造っている醸造現場に行って、できたてのを飲むほうが断然うまい。

最近は世界じゅうで日本のビールも飲める、主に日本レストランでだけれども、そうでない所でも日本のビールを置いている所がある。だが、正直言って、まずくて飲めたものではない。だいいちに、輸出用のには防腐剤が入っている。それと、太平洋とか、インド洋を何十日もかかってドンブラコと揺すられてやってきたビールだ。ビールがかわいそうだ。本来ビールは、輸出すべきものではないと思う。

外国に行くチャンスのない人が、外国のビールを飲んでみたいのはよくわかるのだが、「ドイツ祭り」とかで、ミュンヘンのビールを飲んでみたが、案外うまくなかったと言う人に申し上げたい。何十日もドンブラコの後のビールにそんな判断を下すのは、そのビールに余りにも気の毒だ。世界じゅうどこのビールも、できた所で飲めば、われわれが日本でうまい日本のビールを飲んでいるのと同じように、それぞれの癖の違いや特徴は当然あってその人の好み次第ではあるけれど、同じようにうまいのだ。

日本国内だって、サッポロビールは北海道、特に札幌で飲むのが最高で、その中でも、会社直営のサッポロビール園で飲む味は、まさにビールの王様だ。アサヒは大阪の吹田とか、キリンは横浜というふうに工場の近くがよろしい。もっとも最近はたいていの大きな街にも会社の工場があるらしいが。

パリの日本レストランなどで、なにがしかの援助があるせいか、サッポロやキリンしかとり扱わない店があり、非常に困る。あれはそれぞれのビールの悪宣伝にしかならない。やめたほうがいい。

だがずっと外国旅行をしていて、久しぶりの日本のビールだと目の色を変え、感激して味のことなどは全然わからないで喜んでいる人のほうが多いかもしれず、ぼく自身がとやかく文句をつけることではないのかもしれない。しかし、とにかくあれはまずいのです。

アメリカで飲む日本のビールは、ヨーロッパで飲むのよりは少しはましである。太平洋をまっすぐ渡るだけだからだろうか。ヨーロッパのは、スエズ運河が長いこと封鎖だったこともあるし、インド洋をゆっくり渡ってアフリカの南端を遠回りして大西洋を北上してオランダのロッテルダムあたりに荷揚げされるのだろうか。想像できないほどの日数がかかっているのだろう。

スエズ開通で近道になったとしても、あんな暑い所をゆっくり通るのは感心しない。船倉の中まで砂漠の熱気が入り込むわけはないが、とにかくぼくにそういう偏見があるので、向こうでは一生懸命に飲まないようにして過ごす。なにも営業妨害をしようとするわけではないが、日本で飲めるレーヴェンブロイ、ハイネッケン、ベックス、トゥボルグ等の輸入品にも全く同じことが言える。

ミュンヘンの街に、ぼくは何十回行っただろうか。数カ月住んでいたこともあるし、自分では忘れてしまったほどたくさん出入りしていても、ミュンヘンに着けば、まずビールだ。

街のビヤホールに飛び込んで、ナマをジョッキで一杯。いろいろな種類のソーセージもあって、ミュンヘンは太らない努力をしているものにとって、つらい街だ。エーイ、どうせ一週間しかいないのだと心を励まし、いる間じゅう、ずっと、ビールを飲むのである。

有名なレーヴェンブロイ以外にも、たくさんの種類があって、だが人間妙なもので、何種類かの銘柄を飲んでいるうちに、だんだん自分の好みが決まってきて、結局はいつも同じものになってしまう。あんなにたくさん種類があるのだから、取っ替え引っ替え楽しんでもよさそうなものだのに、これはタバコの場合も同じで、さまざまなタバコが並んでいる店の前でいつも思うのだが、世界じゅうに何千とあるタバコのうち、二、三種の味しか知らないで、この世を終わるのもなんだかもったいない気がする。

人間というのは、案外貞節なところがあるのだろうか。千人切りと言ったたって、全世界が三十億としてその半分の十五億の中の千人が相手とは、つつましいものだ。暴れ狂ったってどうせ千人なら、一人だけを守ったほうがカッコイイという見方も成り立つ。これは一般論としてである。

ビールはミュンヘン、ミュンヘンはビールとばかり言うのもちょっとミュンヘンにこだわり過ぎている感じで、ドイツじゅうどこもかしこもうまいビールがある。

さっき書いたベックスは、全国紙ならぬ全国麦酒だから別として、ドルトムントのビールもうまいし、ベルリン、ハンブルグ、フランクフルト、ニュルンベルグ……どこに行ってもとりたてのナマを飲んでいる感じで、味もそれぞれ、だいぶ違うのだ。日本のビールは、なぜか、サントリーを除いては味がそっくりで、やはり全国ものは平均化しないとだめなのだろうか。

フランクフルトのヘニンガーというビールも好きだ。ビール工場の敷地の中に大きなタワーがあって、百二十メートルくらいの上空にレストランがあってそこから下界を見おろしながら飲むナマの味は最高、なんて宣伝しているが、そんなところにはぼくは関心がなく、いつも、もっぱら塔の下にあるビール屋経営のボウリング場に行く。

ここではぼくは、三日続けて二百点以上をだしたことがあって、ヘニンガーのナマを飲みながら投げると、よい点がとれるというぼくの勝手な迷信がこのビールを好きにさせてしまったのだろう。

ニュルンベルグに行くと、ラウフ・ビーヤというのが飲める。直訳すれば煙ビールで、ビールの燻製とも言える。できあがったビールの中にその地方独特の木を燃やした煙を、ブクブク何時間も通して作るものらしく、このビールは色も濃くて、飲むと、本当に煙の後味がする。

やはり、この地方独特のソーセージがあって、やたらにまっ黒で、実に田舎っぽいのだけれど、かなり強い香料入りの、決して上品ではないこの一切れを口に入れて、煙ビールをゴクリとやると、なれないうちは異質な感じで変なものだが、好きになるとやみつきになる。タバコがなかなかやめられないのと同様、煙というものはビールの中に入っても習慣性をもたらせるらしい。

とにかく変わった味なので、万人向きではないかもしれないが、ニュルンベルグとか※ハンブルグとか、いわゆるドイツのフランケン地方に行くチャンスのある方には、一飲を勧めたい。観光書には載っていないだろうと思う。大きなビヤホールでなく、居酒屋風の店で、お百姓さんみたいなドイツ人がガヤガヤしていたらこれが飲める店だ。ビン詰めはなくて、ナマばかりなので、ドイツの中でもこの地方だけでしか飲めない。

いつだか、ニュルンベルグで仕事をしたとき、日本の若い音楽留学生が見学に来て、仕事の帰りにコヤツを飲みに連れてゆき、この煙ビールが飲めなきゃ一人前の音楽家になれないとだまし、田舎まっ黒ソーセージといっしょに無理矢理一リットルを飲ませたら、突然ドイツのお百姓さんたちと入り混じって飲んでいる机の上に、ゲロゲロやりだしたのには閉口した。

このごろの若いヤツは、食べたこともないものを味わってみようという好奇心と勇気に欠けていて、だいいち、飲めないのが多くて困る。コカコーラとライスカレー、ハンバーガー、カップヌードルで育ったヤツラばかりなのだ。日本国の将来を深く憂慮する。

オランダの有名なハイネッケンは少々甘口でぼくの口には余り合わないが、ハーグの自宅に滞在するときはこのハイネッケンでないと気がすまないから不思議である。ラテン系の国、つまり、フランス、イタリア、スペイン、ポルトガル等には、どうもうまいビールがない。ワイン専門なのだろう。

その点ドイツは、ワイン、ビールともに名物なのだから、嬉しい国で、だが、天は二物を与えずというわけか、ドイツ料理が世界最高級の芸術品だとはちょっと言いがたい。共産圏にもうまいビールはたくさんあって、ユーゴ、ハンガリー、ブルガリア等のビールもけっこういけるが、やはりワインのほうがよいらしくて、ビール国の印象はない。

ソ連のビールは、だいたいちょっとなまぐさいというか灰っぽいといった匂いがあってぼくは余り好きではない。だが、リガ産のは例外だ。

ああいう国だから、全国のいろいろなものがいつも流通しているわけではないけれど、モスクワやレニングラードにいて、たまにリガのビールが手に入ると、これは第一級の味で、めったに手に入らないところを見ると、党のエライさんがみんな飲んでしまっているんじゃないかと思う。

洋の東西、政治の東西というか左右というのか、まちがいなく世界一は、チェコのピルゼンだ。ピルスナー・ウルクウェルという名で輸出しているから、日本でも、西ヨーロッパでもアメリカでも飲めるけれど、ピルゼンの街はずれのビール工場の中の、社員食堂で飲むナマの味は一生忘れられない。

体じゅうがのどになったような感じで、頭のテッペンから足の先までが、キューッとシビレ、一気に飲みほした後、フッと溜息がでるのである。

※編集部注
バンベルク（Bamberg／燻製ビールが特産のフランケン地方の都市）の誤りか。

タンタルス（上）● 内田百閒

うちだ・ひゃっけん
1889年岡山生まれ。小説家、随筆家。夏目漱石に師事。おもな著作に『冥途』『百鬼園随筆』『阿房列車』『ノラや』など。1971年没。

私も寄る年波で、たががゆるみ判断はにぶり、外界に対する順応力を失った。高邁な理想を忘れて手近の物慾に囚《とら》われその為に地獄の苦しみをする。神戸花隈の旗亭で一献したが私は麦酒が飲みたく又麦酒しか飲まない。同座三人の中一人はお酒麦酒どちらでもいい。もう一人は杯を見向きもしない大食漢である。

初めに私のホテルで落ち合って出掛ける相談をした時、私は旗亭に麦酒のない事を危んだ。そぞろな杞憂ではないのであって、神戸へ来る十日ばかり前の夕方甘木を連れて東京駅のステーションホテルへ晩飯を食べに行ったが、五時半を少し過ぎたばかりであって、食堂の開くのは六時半だと云う事である。出たり這入《はい》ったりするのも面倒だと思ったから、風通しのいい窓際で待っている内に、バアは開いているから麦酒を飲もうかと云う気になったけれど、食前にそう云うお行儀の悪い事をするのはよそうと考え直した。やがて、船の中の様なオルゴルが鳴ってボイが食堂の案内に来た。甘木と差し向いの食卓で先《ま》ず麦酒を誂《あつら》え、前菜を肴にしてすぐ一本は空けてしまった。甘木は麦酒も少しは飲むけれど、サイダーに混ぜた方がうまいと云う程度のお相手である。それでサイダーも誂え又麦酒を追加した。ソップがすんだ時は二本目の麦酒もなくなったので、女の給仕にそう云ったが中中持って来ない。その内に魚のお皿が出たから早くしないかなと思って辺りを見廻すと、向うに支配人が起《た》っている。相図をして呼び寄せ随分前に麦酒を頼んだのだがまだ持って来てくれない。そう云ってくれと頼むと支配人は私共のテーブルの上を見て、お飲物はお一人につき麦酒又はサイダーのどちらか一本ずつと云う事になっている。こちら様へは既に麦酒二本とサイダーが来ている。もうこれ以上は差上げられないと云った。私は非常に驚いて、所によりそう云う制限がある事は薄薄聞いていたが、こう云う場所の食堂までそうなっていると考えなかったのは自分の不覚である。それなら前にバアで飲んでおけばよかったと考えたけれどもう遅い。廊下のどこかに貼出しがしてあるのを見落としたのであろう。又仮りに掲示なんかしてないとしても、向うからそう切り出された以上は、それが今の常識となりつつある時勢だから、兎《と》や角《かく》文句を云っても仕様がないであろう。麦酒は自分の定量だけ飲めるものときめて食べ始めたのがこちらの不注意である。しかし、まだソップが終わったばかりの所で麦酒を打ち切られては、後の御馳走が咽喉を通らない。決して理窟を云うのではないが特別の計らいでもう一本だけ出させてくれ、それを大事に飲んでお仕舞にするからと頼んだけれど支配人は聴き入れない。結局始まったばかりの御馳走をそこで中断して後は持って来るお皿を見るだけで下げた。食べて食べられない事もないし、腹もへっているのであるが、先に御馳走を詰め込んでおなかをふくらませた後で、家に帰ってから飲み直すとなると麦酒の味が落ちる上に、平生飲むだけ飲んだのでは足りなくなる。今日の行きさつは自分の不注意による事であるから、ここであっさり諦めて、早く家に帰る算段をしよう。迂闊《うかつ》に外食の出来ない世の中であると承知しながら人を誘ってこんな目に会った。甘木の食べ終わるのを待って大急ぎで家に帰ったが、半端な麦酒と食物が先に這入っている為、矢っ張りいつもの通りではすまなくて、結局飲み過ぎになり、いい加減がたぴししている私の身体に思わぬ不養生をした。

そう云う経験があるので、神戸のホテルから花隈へ出かける前に私は心配した。連れの二人はのんきで、飲まない方は自分の分を私にやるから大丈夫だと云い、お酒でも麦酒でも構わぬと云うのは大博士なのであるが、大博士は自分は酒を飲んで麦酒は私にやるから心配するなと云った。御自分は酒を飲んで麦酒の頭割りを人に廻すと云うそんなわけには行かない筈だと云ったが、何そんな事があるものかと云うので、出かける事になった。まだ気にかかるので、一応その家へ電話をかけて貰うと、向うでは矢張りお一人前一本だと云ったそうである。しかし出来るだけ勉強すると云っているから大丈夫だと云うので三人が乗り込んだ。

大博士はお酒を飲み、私は恐る恐る麦酒を飲んだ。なんにも飲まないのは旧稿鄕夢散録の中に出て来る私のおさな友達の椎茸のりたけ乾瓢さんで、今は神戸の大旦那である。大旦那は忽《たちま》ちサイダーを二本飲んでしまった。ひやひやしていると果して麦酒の二本目が空いた頃から女中が少少六《む》ずかしくなって来た。早く後を持って来いと云っても中中座を起たない。きっと麦酒二本の外にお酒が何本目でサイダーが二本で、と胸算用をしているに違いない。その内にしぶしぶ三本目を持って来たが、丁度その頃がこちらは味の出た盛りで瞬く内にその三本目を飲みつくした。本当ならもうその位でいい筈なのであるが、初めから三本あてがってくれたなら、飲んで行く間に加減も出来たと思うけれど、一本毎に気を遣い、女中に阿諛《あゆ》佞弁《ねいべん》してやっと一本ずつ千切る様に貰ったのでは端から消えて行った様な気もする。又独り自分の家で飲むのと違い、話し相手があれば自然駄弁もふるうので気が発して散ってしまう。しかしこう云う時節でもあるから、もうそろそろお仕舞いにしなければいかんと考えた。それにはもう一本持って来させて、それをそのつもりで飲み始め、一本を終わる内に虫を押さえてしまおうと決心した。女中にそう云うと知りませんと云う様な顔をしている。まあ頼むと云っても、もう三本召し上がったではないかと云う。それはそうだが特別でもう一本と云う様な事を繰り返したけれど、こちらも一生懸命だから色色尤《もっと》もらしい理窟をつけて口説くので、女中は返答に窮し座を起ってしまった。取りに行ったのでない事はその場の気勢でわかる。困った事になったと考えた。中腹と云う加減である。この儘《まま》では寝つきが悪いに違いない。

御馳走の順序が丁度半分辺りまで進んでいた様であったが、それから後は急にお皿の出廻りが早くなった様である。お膳の上に幾品か並んでいるところへ、もう赤だしの味噌汁が来たらしく、蓋をしたお椀の中からいいにおいが洩れた。そうして別の女中が現われて、おはちを前に控え、いつでもしゃもじを執るばかりの姿勢を示した。萬事休すと思ったが、又私もおなかはすいているけれど、後半の御馳走に箸をつけ、赤だしを吸って御飯をたべると云うわけには行かない。そう云う事をすると、後で足りない丈《だけ》を飲み足す際に順序をちがえて食べた物が腹の中で邪魔になる。それが邪魔にならぬ迄に飲むには追加の量を倍の倍にも増さなければならない。

結局、東京駅のステーションホテルの時と同じ様に同座の二君子が食べ終わるまで私は一服して眺めていると云う羽目になった。皆さんが終わるのを待って早早ホテルに帰り地下のグリルで麦酒を飲んだが、間に時間がたったので矢っ張り少少飲み過ごした。あの時もう一本出してくれて、それから赤だしで御飯と云う順序になっていたら、今頃はもう眠っていられるのにと恨めしく思った。

一体私は、麦酒しか飲めないわけではなく、お酒も永年飲んで来たのであるが、養生の為二三年前から一切お酒を廃する事にした。自分でそうきめて以来自分から杯を取り上げた事はない。ついでに麦酒もやめてしまえば人に迷惑を掛ける事も少いのだが不養生の一つ二つは残しておかないと、必要な場合これ以上の養生に入る事が出来ない。尤も毎日麦酒を自分の定量だけ飲んでいては、その必要な場合と云う場合がきっと間に合わなくなるだろうとも考えている。身体の調子による事であって、いつもそれでいいと云うわけではないに違いないが、私のお医者様は一日二本迄の麦酒を黙認している。お医者は大概内輪を云うものであるから、それにもう一本加えた辺りが私の守る可《べ》き限度であると自分で判断した。日本酒をやめて以来私は殆んど欠かす事なく毎日それだけの麦酒を飲んでいる。幸いに今までのところは私の身体がそれに堪えられたけれど、身体よりは世間の風向きが毎日麦酒をそれだけ飲む事を六ずかしくして来た。去年の春頃から段段そう云う事になって夏はどうなる事かと案じていると、近所の酒屋で毎朝醸造会社から罎詰の生麦酒を取って来てくれた。町で飲ませる樽入りの生麦酒は、名前ばかりの生麦酒であって取り柄は生臭いと云うだけの事であるが、酒屋が毎日麦酒会社から取って来てくれる罎詰の生麦酒は冷蔵庫に入れておいても二三日で腐ってしまう。普通の罎詰のラーゲル・ビールとは又別の風味があって、去年の一夏はそれで過ごした。一本が二リットル入りであって、二リットルは一升一合であるから丁度普通の麦酒の三本分に当たる。その大罎を一本あけて、お医者さんは二本までと云ったがまだ一本しか飲まないと考えたりした。

秋になるとまた手に入れるのが楽になって寒麦酒《かんビール》の味も年年と変りなく、今年の夏になった。今度は普通の罎詰で一夏を過ごす事が出来たが、ただ一日、初夏の一晩家に毎日の数のそろわない事があった。その事を家から電話で知らされて、夕方郵船の帰りに方方をほっつき廻り、何軒ものぞいて見たが結局私の思う通りにはならなかった。餓鬼の様な気持に陥り、挙げ句の果てはそう云う事の為に自分の身体が非常な無理をしたと云う事を感じる。

神戸花隈の宵から十日後にまた神戸へ行く事になった。船で出かけるので船中の事は心配ないが、神戸に上陸して山陽線で下ノ関まで行き門司から新造八幡丸に乗って横浜に帰る途中また神戸に寄港する。その時にはきっと又十日前と同じ事が始まるだろう。

あの日に帰りたいビール腹おじさん ● 大竹聡

おおたけ・さとし
1963年東京生まれ。随筆家、小説家。出版社、広告代理店などを経て、雑誌『酒とつまみ』の編集長に。おもな著作に『下町酒場ぶらりぶらり』『酒呑まれ』『レモンサワー』『ずぶ六の四季』など。

あるイギリス小説の冒頭で、十一パイントのビールを飲んだ主人公が階段から転げ落ちるシーンがあった。

なんとも豪快な滑り出しのこの話を読んだときに高校生だった私は思わずビールをがぶ飲みしてみたくなった。

あれはアラン・シリトーの『土曜の夜と日曜の朝』だったか。何かひとつでも読めばたちまちその小説の世界に酔っ払っていた頃のことで、まだ飲めもしなかった私であるが、十一パイントのビールにはずいぶんと憧れた。

今思うと、それから二十年以上経って「ホッピーマラソン」（ホッピーの飲める店を中央線の全駅で探し、飲み続けるという珍企画）を敢行したのも、シリトーの影響だったかもしれない。だいぶ、間違った読み方をしていたような気もするが……。

ところで、一パイントは五六八ミリリットルである。これを十一杯飲むと六二四八ミリリットルだ。これは、通常の大瓶のビールにして十本弱という量である。

うーん。大瓶十本はけっこうへビーだな……。

「オレがいちばん飲んだ頃は大瓶一ダースはいったもんだったな」

そう言ったのは何を隠そう私のオヤジであるが、酒を飲むことに関してはとてもこの人に敵《かな》わぬと思ってきた倅《せがれ》のほうでは、せいぜい、その半分くらいがマックスだろうかと思う。

それでも三リットルである。五〇〇ミリリットルのロング缶で六本である。これはちょっと飲み過ぎだ。飲み過ぎではあるが、ときどき、つい、それをやってしまうのだ。

とはいえビールの場合、外ではせいぜいジョッキ二杯までくらいしか飲まないから、これをやるのは、決まって家で飲むときということになる。

夕方、まだ日の残るうちにひと仕事片付いたら、そこから先がアタシのビールタイム、ハッピーアワーだ。

すぐに飲むか。いや、そうではない。飲む前にやることがある。

聞くところによると、腕立て・腹筋・スクワットとしっかりこなして大胸筋が軽くプルプルしてからでないとビールがうまくないという人がいるが、私の場合、それをやる根性がない。

一度真似をしてみて、懲りたことがある。まず腕立て伏せ。若い頃はよくやったもんです。三十回を三本、腹筋も同数。そんなことがなんでもなかった時代が私にもある。

だからやってみたのである。スクワットにいたっては、かつてさんざんやったうさぎ跳びのほうがよほど辛いと信じているから、ただしゃがんで立つだけなんてと鼻でわらっていた。しかーし、腕立て伏せは二十回に満たない間に肘《ひじ》が震え始め、腹筋にいたっては足首を押さえてもらわない限り、うまく上体を上げることすらできない。

それからスクワット。膝は震え腰に痛みが走り、終いには頭がくらくらしてきて恐怖を覚えた。

汗は汗でも、嫌な汗が出る。気分も悪い。とてもおいしくビールを飲めそうにないのであった。

以来私は、筋トレを諦めた。判断が早すぎる気もするが、汗をかく目的は筋力強化ではなく、あくまでもおいしくビールを飲むことであるから、こだわる必要はないと考えた。

だから私は、風呂に入るのだ。シャワーじゃない。ちゃんと湯船に入って温まる。真夏でも湯の温度は四十二度と高めにする。

どうなるか。それはもう、猛烈に暑い。それでも我慢して湯に浸かっている。どれくらい浸かるかというと、風呂から出た後、十五分は汗が引かないくらい浸かるのだ。

それから飲む。三五〇ミリリットルの缶ビールなら一本がきれいに収まってしまうくらいの大きなタンブラーでクイクイッとやると、ロング缶の一本目はあっという間だ。

粗塩を振ったトマトとか茹でトウモロコシで次の一本も軽い。さらに谷中生姜に冷奴なんかがあれば万全で、まだまだ全然飯を食おうという感じにならんが、気がつけばビールも三本目が早々と空になる。

それから炒め物だの揚げ物だので四本目、五本目と飲み続け、いよいよ飯も食って腹いっぱいになった後の小休止を挟んで最後の一本を開けたりする。

こういうことをしているから最近の私はよく肥えて昔日《せきじつ》のスリムな身体は見る影もなく、いよいよ腕立て伏せのできないおじさんになりかけている。昔の姿、見る影もない。そこで私は一念発起。「あの頃に戻ろうプロジェクト」なるものをスタートすることにした。

なんのことはない。体重を十キロ減らそうっていう、ただそれだけのお話で、無理をしないまでもよく歩き、思いつけば二十回程度の腕立て・腹筋・スクワットを敢行する。しかし体重は減らないのだ。運動も少し慣れると楽しいもので、運動のあとの入浴は、単なる入浴よりも気持ちよく、それはつまり、運動+風呂のあとのビールが、以前に増してうまくなることを意味している。

プロジェクト開始から一カ月。私の体重は二キロ増えて元に戻らない。

生《ナマ》のモンダイ ● 椎名誠

しいな・まこと
１９４４年東京生まれ。小説家、映画監督、写真家。業界誌の編集長を経て『本の雑誌』を創刊。『犬の系譜』で吉川英治文学新人賞、『アド・バード』で日本ＳＦ大賞受賞。その他おもな著作に『岳物語』、「あやしい探検隊」シリーズ、『ぼくがいま、死について思うこと』など。

夏の一日が終る。今日も暑かった。ようやくおとずれた夕闇の中で、今年はいつもより早くカナカナカナ（ヒグラシ）の鳴き声が聞こえる。夕暮の中で聞くカナカナの声はなんだかすこしさびしい。シャワーをあびたあと、その鳴き声を聞きながらビールをのむ。なんだか今年は六月に猛暑があって台風がいくつもきて、急に涼しくなったりと、八月に入ったとたん秋がやってきたような気分にもなった。しかしまあ仕事が終ってとにかくビール。一日のうちで一番シアワセなひとときだ。

　今年はサントリーのスーパープレミアムというビールに出会って嬉しかった。府中工場でしか手に入らない逸品で、小瓶しかないようだが、これを大ぶりのグラスにとくとくとくとくじゅわー（泡のふくらむ音）と注ぎ、いっとき全体が鎮静化するのを待っておもむろに「くいくい」やるとき、まあいっちゃあナンだが人生の至福というものをつくづく感じる。つらいことも多い人生だが、しかしこういうヨロコビもあるからなあ……と素直に頷《うなず》くのである。

　家でのむビールのランクはこのスーパープレミアムと、ヱビスとブラウマイスターが黄金のご三家で、いま流行りの地ビールはどういうわけかどれも濃厚すぎるものが多く、続けてのむには少々あきる。

　町で夕方の時間を迎える日は、生ビールのある店をさがす。このところ生ビールを出す店が急に増えたようで〝生ビール命〟の当方としてはまことによろこばしいかぎりである。

　しかし、知らなかったことがあった。樽入り（実際は金属の缶だが）生ビールと缶入りおよび瓶入り生ビールはまったく同じなのでありますね。ながいこと生ビールは樽用に作った専用の「生」ビールなのかと思っていたのだが、瓶や缶の生ビールと中身は同じものなのだという。

なんだそうだったのか……、と知らなければよかった秘密の事実（別に隠していたわけではないらしいが……）を知ってしまったようなひどく落タンする思いだった。

「いやあやっぱり生はうまい。瓶の生ビールなどとはくらべものにならないくらいうまいよねえ」などと言っていた自分が恥ずかしい。

でもメーカーの人に言わせると、瓶や缶と同じものであっても、樽の生ビールは工場から出荷してすぐ店にいき、早くのむので、そもそもがうまいらしい。それからよく乾いた大ぶりのジョッキに手入れや管理のゆきとどいたサーバーで上手に入れた生ビールは瓶缶連合軍の追随を許さないうまさであるのはたしかだ。

生ビールというと把手《とって》つきのジョッキでのむのがもっともポピュラーなスタイルのようだが、ぼくは把手のないデカコップ状のやつをしっかとにぎりしめてのむのがすきだ。

夕方近くに町を歩いていると自然に「生ビール」の看板をさがしてしまう。

「生」という文字を見ると反射的にココロが騒ぐようになってしまった。

このあいだは町を歩いているとクルマの列の中に「生」の文字を見つけてハッとした。

よく見ると「生コンクリート」と書いてあった。そんなのをのんだらひどいことになるだろうなあ。

ビール話を書いたからにはビールのツマミについても触れないといけないだろう。まあぼくはカツオの刺身が好きなので、そのことをよく知っている人などがいると、おいしいカツオを出してくれる。うれしいかぎりだが、しかし正直なところ、ビールにカツオの刺身はそんなに合わないようだ。カツオはやっぱりゴハンが一番合う。カツオの刺身に合うのはやっぱり日本酒ですな。

もともとビールと刺身はあまり合わないようだ。サカナはイキのよさが一番の生もの中の生を売る生もので、生ビールとでは「生」がぶつかってしまって相殺しちゃうのだ。きっと。

だから寿司屋でも、ビールよりは日本酒、日本酒よりお茶、お茶よりゴハンが一番合うんではないだろうか。

このあいだコンビニで「生寿司」という表記があるのを見て「ナンダロ?」と思ったことがある。間もなくにぎり寿司をいなり寿司やのりまきと区別するために使っているらしい、とわかったけれど、もともと生がイノチの寿司の上にわざわざ「生」をくっつけるとかえってなんだかやすっぽくなるかんじだし、妙にナマグサイにおいがするようでまずそうに思えてしまった。

印刷したものでなくて、印画紙にやきつけた写真を「生写真」というらしいと知ったときもなんだか理由不明のいかがわしさを感じた。どうしてなのだろう。

靴下をはいてない足を「生足」という、というのを知ったときも同じだった。どうもこの「生」というコトバは語感としてそのどこかに説明のできないタダナラヌものがある。「首」ではなくて「生首」と、どうしてわざわざ「生」をつけるのかわからない。この場合の「生」はイキのいい生とは別のものだろうな。

唾ではなく「生唾」というとにわかにあやしくなるのはなぜなのか。

生あくび、生暖かい、生かわき、生殺し、生兵法、生返事、生酔い、生焼けなどはいずれも中途半端なことをさしている「生」で、これらの一群は生ビールの「生」とはまた別の生グループらしい。生半可《なまはんか》グループといっていいのかな。

テレビなどでつかわれる生番組、生中継、生出演なんていうのも、考えてみるとなんだかおかしい。この世界ではビールと同じで「生」のほうがとにかく一格上らしいというのはわかる。

ぼくはワープロをつかわないので、相変らずクラシックにペンですさまじいヨレヨレ文字の原稿を書く。自筆の原稿を業界では生原稿と呼ぶ。生ワープロとはいわないだろうから、同じ原稿でもこっちのほうがエライのだ。そういえば「生娘《きむすめ》」というのがあったけれどもう殆ど死語になっているのだろうなあ。

生をナマと呼ばずにキと読むのはいいかんじだ。生そば、生醬油、生糸、生まじめ、生《き》ビールである。

ビールの味と味わい ● 村松友視

むらまつ・ともみ
1940年東京生まれ。小説家。『時代屋の女房』で直木賞、『鎌倉のおばさん』で泉鏡花文学賞受賞。その他おもな著作に『私、プロレスの味方です』『夢の始末書』『百合子さんは何色―武田百合子への旅』『アブサン物語』『幸田文のマッチ箱』『帝国ホテルの不思議』など。

一年前、大宅映子《おおやえいこ》さんにおいしいビールの注《つ》ぎ方を教わった。これをやると、これまで通りに注いだビールがアホみたいな味になってしまうところが凄い。やり方はきわめて単純で、最初に、グラスよりかなり上から滴り落ちるみたいに……つまりビールが細い棒のように降り落ちるようにビールを注ぐ。この注ぎ方によって、グラスの中のビールは泡が中心となり、そこへさらにどんどん注いでゆく。飽和状態となったあたりで、いったんビールを注ぐのをやめ、グラスの中に目を凝らす。グラスの底の液体がしだいに泡を押し上げてセリ上がり、そのセリ上がりが止ったなと思ったとき、やおらもう一度瓶をグラスの上に構える。

今度は、瓶の口をさっきよりもグラスに近づけ、わりにぞんざいに度胸よく骨太に注ぐ。上にたまっている泡を下から持ち上げると言ったらいいだろうか、グイという感じです、グイと。

すると、上の泡が見るからにクリーミーな感じになり、グラスの上の部分をしっくりと固めるような、ソフトクリームを連想させるような形となるはずだ。やることはこれだけであり、あとはこれを飲めばよい。そして、試しにそのあとふつうに注いだビールを口にしてみると、何となく不甲斐ない気の抜けた味に思えてしまうというわけである。

これは、おそらくビールを〝味〟としてとらえたときの正しいやり方なのだろうが、ビールを〝気分〟としてとらえる場合にはちょいと問題がある。つまり、喉が乾いてビールを飲みたいと思い、ビール瓶とグラスを手にしてから、実際に飲むまでの時間がやたらに長いのだ。こうやれば〝味〟がよくなることは分りながら、いったんビールを注いでからじっとグラスをみつめていなければならない。ビール飲みにとっては、ここがちょいとばかりやり切れないのだ。

大宅映子さんは、この方法を妹尾河童《せのおかっぱ》さんから教わったという。そして、妹尾河童さんはお酒を飲まない方だ。〝味〟を尊重する大宅映子さんのお師匠さんである妹尾河童さんはお酒が苦手……このあたりに、ビール飲みの〝気分〟が外されてゆく原因がありそうな気がした。

しかし、私はいっときこの飲み方に凝った。出かけた先々の人に、この飲み方を披露し、どうだちがうだろうと自慢して歩いたりもした。とにかく、これを飲んだあとふつうに注いだビールを飲むと、ほとんど燗冷ましの酒みたいな味に思えるのだから、効果満点だ。最初に上の方から注ぐのにやや技術が必要で、下手にやるとテーブルの上がグショグショになってしまうのだが、これも〝味〟を求める上でのご愛嬌と考える。

ところが、ビールというやつは一杯飲んでそれではさようならとはならず、次々と栓が抜かれてゆくケースが多い。そういう場合、グラスのビールを干すたびにこの注ぎ方をしなければならぬとなると、何となく気分が途切れてしまう。しかも、注ぎ足しもできないとなれば……いや、〝味〟を中心に考えたら注ぎ足しなどもってのほかは分ります、しかし、ビールというのはもう少し大雑把な味わいがありましてですね、テンポも重要なのです。

ちなみに、私の師匠にあたる大宅映子さんは、皆の注ぎ方が乱れてくる中でつねにペースを守り、あざやかな御点前をつづけられていた。しかも、周囲の乱れをチェックしたりする野暮さなどもちろん持ち合せるはずもなく、さすが……というその場の居かたであった。

そして、私がいまどのあたりにいるかといえば、師匠の悠然たるペースには程遠いレベルだ。つまり、〝味〟と〝味わい〟のあいだで心が千々に乱れ、その場その場で態度が変ってしまう。〝鉄人〟道場六三郎さんなんかが居合せると、すぐにその注ぎ方を教えたくなったり(いや、道場さんはこれには実に感心したらしく、会う人会う人に教えておられました)、「しょせんビールはビールでね」てなタイプの前では、「そうそう、その通り」とふつうの注ぎ方をするというあんばい式だ。

ある座談会で服部克久さんにお目にかかったとき、私は服部さんの大好物であるキリン・ブラウマイスターを料亭に持ち込み、仲居さんに因果をふくめて何食わぬ顔で出してもらった。このときの服部さんの驚きぶり喜びぶりはすごかった。服部さんは本当にこのビールの味がお好きなようで、いたずらが効果を上げて私もうれしかった。そして、ビールの〝味〟という要素のしたたかさを、このいたずらは実証しているような気もしたものだった。

そのときお相伴したキリン・ブラウマイスターは、私にもおいしい味だった。だがこのとき、服部さんのレベルに届かないのは、私が二杯目からはどうでもよくなるタイプだからではなかろうかと思った。一杯目のときはたしかにビールの〝味〟をかみしめるのだが、二杯目以降はいいかげんになってしまう。これはどこか、スキヤキの際の一枚目の肉と二枚目以降の肉の関係に似ていたりするのだが、味への冷静な構えが持続しないのだ。

このことが、大宅映子さんに教わったビールの注ぎ方への私の対し方にも通じていて、一杯目はビールに神経を集中するのだが、二杯目以降はいいかげんになってしまうのだろう。そして、私のこういう対し方は、ビールにとどまらずありとあらゆる物事に通じているという気もするのだ。そんなことを考えると、ちょいとばかり落ち込みそうになってくる。

物事に対する一貫した態度がない……そういうアングルで自分をながめると、いろいろなケースが浮び上がってくる。だから、ビールの飲み方など考えず、ポンと栓を抜いたらクイーッとやっていればよかったのだ。と言いつつ、大宅映子さん流の〝味〟も捨て切れず、ビール飲みの〝味わい〟も捨て切れず……私はエッチラオッチラと、中途半端なビールとのつき合いをつづけてゆくことになるのだろう。

ビール雑話 ● 阿川弘之

あがわ・ひろゆき
1920年広島生まれ。小説家、評論家。『春の城』で読売文学賞、『山本五十六』で新潮社文学賞、『志賀直哉』で野間文芸賞、毎日出版文化賞受賞。その他おもな著作に『米内光政』『井上成美』など。2015年没。

酒を禁じられていたのが解けて、一と風呂浴びたあと飲むジョッキ一杯のビール、これは筆舌に尽しがたいほど旨い。最近も、大腸ポリープ摘出後何日目かに、その経験をしたけれど、少年時代を除く自分の全生涯で一番長かった禁酒期間は、やはり、海軍へ入って基礎教育中の六ヶ月であった。

学徒出身予備士官急速養成の教育部隊だから、暑熱の南台湾が訓練地なのに、冷やしビールなぞ以《もっ》ての外《ほか》、飲むこと一切禁止されていた。日曜祭日はラムネかサイダーで我慢して、屠蘇《とそ》無し酒無しの正月を迎え、基礎教育修了の式日になっても未だアルコール抜き、紅白の大きな饅頭と弁当が出ただけ、専門課程履修のため横須賀の通信学校へ帰って来て、初の東京外出が許可になり、やっと、六ヶ月半ぶりのつめたいビールを味った。「咽が鳴る」とはほんとのことだと思った。その銘柄が何であったかは、全く記憶に無い。多分、興味も関心も無かっただろう。ただ旨かった。

私より一年二ヶ月おくれて海軍へ入った大浜嚴比古《いづひこ》という友人がいる。後年の天理大学国文学教授、「万葉幻視考」と題するユニークな著作を遺して五十代で早世するのだが、当時は戦況不利な中、一年前の私と同じ予備士官候補生、猛訓練中の武山《たけやま》海兵団から淋しげな便りをよこした。

「荒磯《あらいそ》をいたぶる波のあはれあはれ

　ビールの泡の恋ほしきろかも」

検閲済の絵葉書にそうしたためてあった。すでに少尉に任官していた私は、さぞや飲みたいんだろうなあと、此の戯《ざ》れ歌一首、いたく同情しながら読んだ。

今しかし、五十四年前の友の歌を思い出すと、気になることが一つあって、大浜嚴比古存命なら訊ねてみたい。

「あれは、磯に砕ける白波を見てビールが恋しくなったというだけの意味か。それとも泡の部分が特別『恋ほしきろ』なのか。蓮根《れんこん》は穴のところが旨いとは内田百閒先生の御高説だが、僕はビールの泡を一番旨いと思ってるんでね」

近頃あまり見かけなくなったけれど、二た昔前、三昔前、料亭の仲居がビールを出す時、先ず栓抜きで王冠をコンコンと叩く。それから「お一つ」と、コップを傾けさせて、泡の立たないようにそろりそろりと注いでくれる。何の遠慮かまじないか、甚だ気に入らなかった。大体、そういう店で「おビール」と言うのが気に入らない。外来語に「お」をつけるな。泡の盛り上ってないビールを飲ませるな――。今も、昔流のあのサービスをされそうになると、手で払いのける。

「自分でやりますから、注がないで」

いやな客と思われているだろう。

意見が一致したのは妹尾河童《せのおかっぱ》さん、「そうです、旨いのは泡ですよ」と、泡をたっぷり立てる上手な方法を教えてもらった。大きめのグラスへ、やや高いところからゆっくりビールをそそぎ込む。ぶくぶく大きな泡が立ち上る。蟹泡《かにあわ》という。蟹のあぶくが消えるまで辛抱強く待って、さらに少量ずつ注ぎ足して行くと、泡の肌理《きめ》は段々こまかくまろやかになり、クリーム状にとろりと盛り上って、あふれんばかり盛り上って来ても、もう、グラスの外へこぼれ落ちたりはしない。其処《そこ》で始めて、ぐっと呷《あお》る。実に結構で、「なるほど」と感心した。ただし私は、不器用なのかせっかちなのか、教わった通り家でやってみるのだが、中々河童さんのやるようにはうまく行かない。蟹泡が消えかけると同時に、泡全体が消えそうになって、慌ててがぶ飲みしてしまうことがよくある。

泡と並んで美味しさを左右するのは冷え。穀物の話に聞えそうな変な言い方だが、「泡」たっぷりの「冷え」抜きビールと、「冷え」充分の「泡」無しビールと、どちらか選べと言われたら、みなさんどうなさる。私は前者を上海南京路《シャンハイナンキン》の某菜館で飲まされ、後者を北海道某市の、地ビール披露の席で飲まされて、共に閉口した。

もっとも、ビール造りの歴史を遡《さかのぼ》ると、紀元前四千年のメソポタミアへ行き着くらしく、バビロン第一王朝の王の布告にビールを意味する文字が出て来るそうで、その頃、「冷え」はもとより「泡」のこまかさも、ちゃんと望めたはずが無く、ぐずぐず言うのは現代人の、それも二十世紀後半期に入ってからの贅沢かも知れない。

ビールの冷え加減に格別やかましかった贅沢な作家は、永井龍男さんであろう。

一度、私ども仲間の麻雀に入ってもいいと言われ、一卓囲んだことがあるが、牌《パイ》を並べる旧式な台の、白い木綿の敷布《しきぬの》にちょっと皺《しわ》が寄っていた。それを気にして、女将《おかみ》がアイロンのよくあたったのと取替えるまで、絶対ゲームを始めようとされなかった。夕食のビールにも、白布の皺に対するのと同じ神経質で、冷えていなくてはいけないが、冷え過ぎていては余計いけないらしかった。

御家庭でのことだが、風呂へ入った永井さんが、湯殿の扉をがらりとあけて出て来る、その時ちょうど枝豆が茹で上ったところで、冷蔵庫の中のビールは永井さん好みの温度に冷えていてと、微妙な呼吸、間合いの取り方が、御家族にとっては大変むつかしかったようである。

作品で察するに、百閒先生も神経質なやかましい人だったが、やかましさのたちが少しちがう。百閒流の、「蓮根の穴」に近い理屈がついた。

「私はお酒が好きで、麦酒《ビール》はそれ以上に好きだから、だから決して真っ昼間から麦酒やお酒を飲む様な事はしない。人が飲んでいるのを見るのも嫌いである」

必ず、日が暮れかかるのをお待ちになる。

「それはお行儀であり又晩のお酒の味をそこねない為の自制である」

麦酒より好きな阿房列車の一等車に乗って、自制がきかなくなり、「お行儀」が崩れる時は、「旅中の例外」、「旅の恥は掻き捨て」ということにしてあった。

斎藤茂吉先生は――と、話が段々文献学風になって来るけれど、調べ上げての研究報告をするつもりは無い。敬読した文人たちの、ビールにまつわる片言雑詠を、気づくまま、思い出すままに書いている。

歌集「寒雲」は、青年期以来我が愛蔵の書で、確か何かあったはずだと繰ってみたら、

「茂吉われやうやく老いて麦酒さへ
　このごろ飲まずあはれと思へ」

というのが見つかった。

今の北杜夫より十二も若い五十八歳の茂吉先生が、早過ぎるでしょう、何たることをと驚くのはさて措《お》いて、そう仰有《おつしや》るからには、かつては相当飲んだはずだ、四十代の初め、ビールの本場ミュンヘンに居《お》られたのだしと、今度はドイツ留学記念

の歌集「遠遊」「遍歴」が気になり、あたってみた。ところが、あんまり出ていない。つまり、ビールの国でビールの歌をそんなに詠《よ》んでいない。

「東京のわが穉子《おさなご》の生れたる
けふを麦酒少し飲みて祝《ことほ》ぐ」

マンボウの兄上、茂太さんの誕生日を祝った此の歌始め、何首か眼についたけれど、いずれも秀歌とは申し上げかねる。事実、佐藤佐太郎さんの「茂吉秀歌」に、一つも入っていないようだ。念の為、北マンボウに電話をかけて、何かありますかと訊ねたら、答は否定的であった。

「おやじの歌でビールを詠んだ秀作？　それは思いつかんですなあ」

バビロニア王朝まで遡る何千年の歴史があるにしても、日本で醸造が始まったのはせいぜい百二十年前の明治初期、ビールは未だ、此の国の伝統芸術の中へ融《と》けこみかねているのかも知れぬという気がした。他の歌人俳人については知らない。

さはさりながら、メソポタミア原産の此の外来発泡酒が、今や私どもにとって、ごく身近な日常の飲みものであることは、疑いようが無く、前述の通り、風呂上りとか、泡の立ち方、冷え、条件が幾つか整うと、こよなく旨い。その際、これも前述の通り、銘柄なぞ何だっていい。

ビール会社の中堅社員が、ある時、その立場として言いにくい話を聞かせてくれた。

「私たちでも、ブラインドで飲まされたら、アサヒだかサッポロだか、当てられやしないんです。日本で普通ビールと呼んでいるものの品質は、各社殆《ほとん》ど変りがありません。気をつけるべき点は、銘柄や工場名ではなくて、どのくらい新鮮か、出荷した日附の方ですよ」

大いに我が意を得た。

大手の各ビール醸造会社、どうしてその上に、色んな新しい名前をつけたがるのだろう。キリンのやり方が最もひどい。

「一番搾り」「ビール工場」「ビール職人」――、「ビール職人」のアルミ缶には、「本場ドイツにビールを学び、『ブラウマイスター』の称号を得たキリンのビール職人こだわりの逸品です」

と記してある。「こだわり」という言葉をそんな風に使うなと、其処からして気に入らないが、我慢して飲んでみれば、他のキリンと同じ味だ。それはお客さん、微妙なちがいの分らぬあなたが悪い、「ビール職人」は真実逸品、うちの他の銘柄は、ブラウマイスターの称号を持たぬ三流職人が造ってるんだからねと、そう言うつもりか。「一番搾り」以外は全部二番搾りか。

最近売り出したのでは「麒麟《キリン》　淡麗」というのがある。宣伝文句に曰く、「おいしさでは負けられない。国産大麦使用。淡麗な、うまさとのどごし」だとさ。これ亦《また》、「じゃあ貴社の別のブランドは、みんな安物の輸入大麦使用、濃にして醜なのどごしですか」といやがらせを言ってみたくなる。

聖人出世の治まる御代《みよ》に、その表徴として現れると聞く架空動物麒麟の、あの重厚なラベルが子供の頃から好きで、千代に八千代に変らぬ感じで、広島市郊外のキリンビール工場が、下り列車の故郷の駅へ近づくなつかしい目じるしだった私は、何だか馬鹿にされているような気がして仕方が無い。

「浜きりん　横浜工場限定醸造」に至っては、全国の消費者を馬鹿にしていないか。アムステルダム工場限定醸造のハイネケンや一番搾りの純正レーベンブロイ、そんなものがあるか。

亡友大浜が「ビールの泡の恋ほしきろかも」と嘆いた昭和十九年は、聯合《れんごう》艦隊のかつての偉容もはや見る影もなく、帝国海軍全滅寸前の時期だったけれど、滅んだあとも日本の海軍に敬意を表し、東郷平八郎総督と山本五十六《いそろく》提督の名前を自社の製品名にして長く変えなかった、フィンランドのアミラーリ・ビア会社のような会社も、よそにはある。正確に言うと、あった。残念ながら七年ほど前、姿を消してしまった。

「そうでしょ。だから競争に打ち克《か》つ為には、次々新製品を考えつかねばならんのですよ」と言われれば、ほこ先が鈍るが、昔ながらのキリン・ラガービール一本では、やっぱりいけませんか。

ビールの好きだった永井龍男、内田百閒、斎藤茂吉の三先達が、キリンかアサヒかサッポロか、銘柄を気にして一つに決めて、それればかり味っていた形跡は見あたらない。美味しいと言えば、日本のビール、幸いなことに全部美味しいのだから、他社も変にキリンの真似《まね》をして、「こだわり限定醸造」サントリーの「麦の贅沢」とか、「富士山の天然水一〇〇%使用」アサヒの「スーパープレミアム」とか、色々名前を飾り立てない方がいい。論理学の初歩からして、そんなら他のサントリービールは「麦の貧弱」、他のアサヒビールは「天然水使用量僅少《きんしょう》」というおかしなことになるではありませんか。

ビールが人を殺した話

伊藤晴雨

いとう・せいう
1882年東京生まれ。画家。新聞社の挿絵画家として台頭し、責め絵、縛り絵、幽霊画の第一人者として知られる。おもな著作に『日本刑罰風俗図史』(藤沢衛彦氏との共著)『伊藤晴雨　自画自伝』『伊藤晴雨　晴雨秘帖』など。1961年没。

ペルリ渡来時代のビールを爆烈弾と思ひ違いをして地を掘って埋めたという逸話は誰でも知っている話であるが、私が覚えた明治廿年代《にじゅう》はビールの半本売をしていた。その一例として坪内逍遙博士がまだ春のやおぼろ時代の、「当世書生気質」の中にも出て来る様に記憶して居るが、当時の西洋料理といへば京橋鍋町の菓子商風月堂が高級で同家が今の精養軒の様に社交場になって居た。その頃はジンやアブサンなどを飲む人は先づ無いといってい丶位でビールと洋食が附きものであったが、ビールを一本飲んで少し飲み足りないと「モー半本飲もうか」といった。一本の代価は八銭で半本ならば四銭である。併し半本のビールというのは当時無かったので一本の半分丈けを別の入れ物に注いで飲んだものであるから最初の半本飲んだ人は気が抜けて居ないからい丶様なもの丶後に半分飲む人は災難である。

勿論その頃のビールは現在の如きブリキの口では無く、キルクの栓を深く二寸余も壜口に入れてある。

これを抜くのには螺の附いた頑固なビール抜きで錐《きり》を揉んで力を極めて二人で一本のビールを抜くという手の掛ったビールである。

明治廿九年三月私が知人に誘はれ品川の大汐の日に汐干狩に行った頃両国橋から船を出したが、大伝馬に大勢乗り込んで品川沖へ出た時ビールの栓を抜き損なったので沸騰の強いビールであったから壜が破裂してその破片がある人の咽喉に刺った。一同騒ぎ立ったが、乗組みの関係上この負傷者一人の為に船を漕ぎ戻す訳には行かないので仮繃帯をして置いたが、一同と共に隅田川を逆に元の両国橋に帰った時は出血甚だしく全くの手遅れとなって成仏してしまったのを見たが、ビールが人を殺したのはこれ位のものであろう。

大正十二三年の頃のビヤホール盛んなりし頃大ジョッキ一杯と小ジョッキ二杯とは飲んで何れが利益かという事を友人であった福地桜痴居士の息子の信世氏と賭をした。私は大ジョッキの方が得だというと福地君は小ジョッキ二杯の方が飲みでがあると主張して止まない。それから方々飲んで歩いたが帝国劇場の運動場の某カウンターで大小のジョッキを量って見たら泡を除いて正味での分量は大の方が約八厘丈け得であったので二人で飲み歩いた費用が相当な額に上ったので大笑いになった事があった。

東京美術学校の教授結城素明氏の実家は本所向島須崎町弘福寺門前の越前屋という酒屋であったが、明治廿九年頃素明氏未だ若かりし頃は前記の如き旧式のキルクで抜き損じで壜の破損が多く一ダースに附いて二本宛は公然と破損を見越してあった。但しビール壜の破損は程度問題で自然に壊れたもの即ち破れ口のピッタリ符合するものは自然の破損として新品と交換する規定になって居るが、欠損の部分がメチャ〱で故意に壊したと見えるのはビール会社で引換えて呉れない事になって居た。

結城先生はビール壜を欠くのに妙を得て居た。即ち新品のビールが店へ来ると、友人を集めて、サア抜くぞ皆んなコップを持って来いと斗《ばか》りに大勢集めて金槌を以ってポンと一撃すれば、ビール壜は上部から器用に欠けて自然に運送の途中で欠けた様に見せるのに妙を得て居たという話しである。

昔咄《むかしばなし》斗りになるがビールの漫画ではフランスの雑誌に出て居たのを明治廿五年の少国民という少年雑誌で（編集者は明治事物起原の著者石井研堂氏であった）ポンチ絵といった頃の連続漫画で、あるビール好きの男が洋食屋で盛んにビールを呷《あお》っていると段々に腹が飛び出して来て、椅子に対ひ合って居る友人を壁の中へメリ込ませてしまふ。其処へ後ろから来たこれもビール好きの男が便々たる腹の後ろの方へ穴を明けてゴムの管でビールを吸ふので男の腹は段々小さくなって来て反対に自分が動けなくなってしまうというのがあった。馬鹿馬鹿しい漫画であるが当時外国ではこうした連続漫画が各国に行はれて居た。

昔しのビールと今のビールと比較すると、たしかに今の方が日本人の口に合う様に出来て居る。昔しのビールは苦みが強く、妙にハイカラがった人だけにしか用いられなかったものである。

「泡はビールなりや否や」事件

坂口謹一郎

さかぐち・きんいちろう
1897年新潟生まれ。農学者。醱酵、醸造などの応用微生物学の世界的権威として知られ「酒の博士」として親しまれた。おもな著作に『世界の酒』『日本の酒』『古酒新酒』『愛酒楽酔』など。1994年没。

今から考えると滑稽でもあるが戦争中には変なことが沢山あった。非常の時には人間の頭がどうかなるのか、それとも今度の戦争に限って国民全体が何か悪い夢にでもつかれていたのか不思議である。「泡はビールなりや否や」事件のようなこともその一つの例であろう。

それは上野の付近のある大きなカフェーで口火がつけられた話である。下谷の警察署員がそのカフェーの帳簿を検《しら》べていたら生ビールを樽で買い入れた量と比べてそれをジャッキーで売った量の方がずっと多くなっていることを発見したのである。これはどうもビールに水を割って売ったか、それともジャッキーに注いだ時に立った泡までをビールなりとして販売したに相違《ちが》いない、いずれにしても総動員法違反の重罪であるということになった。そのうちに大会社直営のビヤホールにまでそれが飛び火して一流のビヤホールまでがまきぞえを喰うという大事件にまで発展してしまった。

事件は東京地方裁判所に移されて私はそれの鑑定人に呼ばれることになった。その時に判事から聞かれた問題が即ち「泡はビールなりや否や」ということである。

そうなると先ず第一にビールとは何ぞやと今まで考えても見なかったことから考えなければならないことにもなった。泡の立たぬビールなどというものは考えられないのであるというようなことを裁判官に納得して貰うことさえなかなか一通りの説明では困難である。一番手っ取り早いのはビールの分析表と泡の分析表とをつきくらべてお目にかけることであると気がついたので早速大量のビールの泡を立たせてそれを集め、泡を消して液体の状態にもどしたものを分析してもらって見た。その結果は案外なことにはビールに比べると泡から出来たビールの方が濃いのである。比重も高く糖分も糊精も蛋白質もフーゼル油もことごとく余計に含まれているしアルコールさえも僅かではあるが泡の方が多いということが明らかになったのである。これはよく考えるとそのはずなのである。表面張力の関係でビール中のコロイド質のものが気泡の表面に吸着されてその部分の濃度が幾分濃くもなるし、泡と泡にはさまれた部分に粘度も高まってくるためである。

ビールよりは濃いということはビールと同じということにはならぬかとも思われるが、そこは常識に富ませらるる裁判官諸君のことであるから先ず差支えなかるべしということになったのであろうと思う。ところが次に起った問題は「然らばビールを容器に注ぎたる場合に泡の高さは幾許《いくばく》を以て適正とするや」ということになった。

同一のビールであってもこれをジャッキーにそそぐ場合には、ビールの温度により、そそぐ高さにより、そそぎ方により、またジャッキーの方の条件すなわちガラスか陶製か、洗ったときのシャボンの残りがついているかいないか、油のついた手で持ったか持たないか、あるいはとなりにテンプラやフライを揚げている店があるかどうかなどその他いろいろな条件によって変ってくるのである。

　ましてビールそのものが違えばますます複雑になる。ふつうは細かい泡がもり上るように高く上って長く消えないでいるのがよいビールの一つの特徴とされているが、これとてもビールの水質により原料によりタイプによって一概にも決しかねる。近頃アメリカのビールなぞは起泡剤という泡立て薬も使うとかで泡の判断はその道のくろうとでないと面倒になってきた。しかしとにかく泡はよいビールの性格を示す第一の目標であることにはまちがいはない。

　よく熟成したコクのあるビールを熟練したバーテンダーに正規の容器に盛ってもらった場合に於て占める液状部と泡の部分の割合とが即ち「適正なる泡の高さ」の標準となるわけであろう。筆者の感じでは三対七かせいぜい二対八くらいのところではないかと思うがどうであろうか。よく外国の広告などにあるのを見ても大体その辺の絵が書いてあるようである。もっとも欧州ではバーテンダーは一般に泡切りという木製の庖丁の形をしたものでコップの泡をきりすて又その上に注ぎこむというような手数をかけて泡の「適正化」をはかるようでもある。

　要するにもしそれが「適正」ということにきまれば二割なり三割なりは泡を売っ

てもよいことを法律で認めることになるがこの点は裁判の結果はどうなったか忘れてしまった。ジャッキーの中途に筋を引くようなさもしいことになったのもあるいはその結果であったかも知れない。とにかく結局、皆、無罪になったことはたしかである。

ビールのうまみとかコクとかいっても要するに泡の姿がその大事なシムボルであるからそのあり方について裁判所でまで苦労するということもまんざら無駄ではなかったかも知れない。

ビール ● 星新一

ほし・しんいち
1926年東京生まれ。SF作家。その作品形式から「ショートショートの神様」と称された。『妄想銀行』で日本推理作家協会賞受賞。おもな著作に『ボッコちゃん』『きまぐれロボット』『人民は弱し 官吏は強し』など。1997年没。没後、日本SF大賞特別賞受賞。

先日、大学のクラス会があった。卒業して三十年を超える。このところ、年に二回ほど集まる。いつもは都内を会場にしてやるのだが、今回は趣向を変え、宇都宮のビール工場の見学をかねてやろうということになった。農学部農芸化学科のクラス会なのである。発酵関係もそれに含まれる。そこの工場長も級友というわけなのだ。

上野から一時間半ほど、ここの工場は、新しく完成したばかり。最新の設備であり、見学者のためのバスがあり、案内嬢もおり、記念のみやげ品まで売っている。

ビールの製造については、講義で教えられたし、原理は単純である。大麦を発芽させると、その芽が炭水化物を糖分にする作用を持つ。それで糖分の液体となったあと、酵母を入れると、糖分がアルコールに変る。ホップを入れると、出来上りである。しかし、見学で新知識を得た。大麦だけを使うのかと思っていたが、コーンスターチや米も加えて使っているのである。米を使っているとは、ぜんぜん知らなかった。

浄水装置も完備している。

「ここがそうで、排水は完全な真水にして川へ流しています」

との説明。私は言った。

「ビールのカスなら、魚は真水より喜ぶんじゃないですか」

私は、ビールのカスから作るエビオス錠《じょう》を愛用し、調子がいいのだ。そのうち、工場長が説明。

「イギリス人が飲み、ほめてくれました」

そこで、また私。

「ビールは輸出産業じゃないから、外国人のことより、日本むきの味を作るほうがいいいんじゃないんですか」

同級生だから、勝手なことが言える。それに、私はぜんぜん別な分野に進み、不勉強も平気なのだ。工場長が答えにつまったりし、幹事が「星に変なことをしゃべらせるな」と大声をあげたりした。

それにもおくせず、私はさらに大疑問を提出した。

「いったい、ホップというもの、なんのために入れはじめたのだ」

ホップとは、苦味のもとである草。驚いたことに、だれも知らなかった。少なくとも、日本ではこの分野にくわしい仲間たちなのに。盲点というわけか。

討論のために集まったのではなく、旧交をあたためる会である。市内の高級バーに会場を移し、飲み、歌い、夜の列車で帰京。つぎの日、百科事典で調べてみる。ビールの起源は紀元前四千年、メソポタミア時代とのこと。下ってエジプト時代、ビールは国家の管理で、大きな産業だったそうだ。

それにホップを加えはじめたのが、八世紀ごろのドイツに於てで、その栽培が広がってゆく。なぜそうなったのかは書いてない。

ホップ入りがビールの条件なら、歴史は数千年なんて言えないわけだ。それにしても、ホップなしのは、どんな味なのだろう。

ほろにがさがビールの特徴で、たしかにうまいと思う。しかし、それは、その味になれてしまっているからではなかろうか。はじめての人にビールを飲ませると「にがくて、うまくない」というのが、正直な反応だろう。なぜ、わざわざ、こんな味をつけたのだ。

タバコだって、はじめはうまいものじゃない。それなのに、アメリカ新大陸からもたらされ、たちまちひろまったのは、ステータス・シンボルあつかいだったからとのこと。ホップ入りのビールもそうだったとは、思えない。ビールほど格差のない飲み物はないだろう。

先日、酒にくわしい開高健さんに会った時に聞いたら「防腐作用のためじゃないかな」と言っていた。しかしホップの防腐作用など、どの本にも書いてない。

ホップの原産地は、どこなのだろう。そのあたりをまず調べる必要がありそうだ。たぶん、薬理作用があると信じて入れ、飲みつづけ、そのうちその味になれた。案外、この推察が当っているのではなかろうか。しかし、どんなききめを期待したのか、見当がつかない。そもそも薬草という考え方は、中国にはじまる東洋医学的なものだ。

もしかしたら、ビールの味なるものは、これがうまいのだと、後天的に教え込まれたものなのかもしれない。本当にうまければ、もっと早く飲料に入れていたはずだ。何千年もの年月があったのだから。

コーヒーも、あれ、かけねなくうまいものなのか。ムードのせいじゃないのか。ミルクと砂糖抜きで、子供に飲ませればわかる。この、後天的な美味を作り、楽しむのが、つまりは文明というものなのかもしれない。

こう考えてくると、日常生活で当然のように見ているもののなかに、けっこうなぞのひそんでいることがわかる。

不味いビール

小泉武夫

こいずみ・たけお
1943年福島生まれ。農学者、エッセイスト。おもな著作に人気の新聞コラムをまとめた「食あれば楽あり」シリーズのほか、『酒の話』『納豆の快楽』『くさいはうまい』『いのちをはぐくむ農と食』など。小説に『夕焼け小焼けで陽が昇る』。

ビールは何と言っても冷えたものが美味い。生ぬるかったり、温《あ》ったかいものは不味《ふみ》だ。その理由は、科学的によく説明できて、先ずビールの温度とそこに溶け込んでいる炭酸ガスとの関係である。固体が水に溶けるには、一般に水の温度が高いほど良く溶けるのだけれども、炭酸ガスのような気体は逆に、冷めたいほど良く溶ける。誰がそんなことを言ったのか、なんて疑う人もいるかも知れないが、これは物理化学の法則であって、ビールの温度は冷えた方が、そこに溶け込む保存炭酸ガスの量が高まるので宜しいわけだ。生ぬるいビールの栓を開けると、とたんに泡（炭酸ガスによって立ち起る）が吹き出してくるのはその現象の一例で、あれはビールの温度が高いために炭酸ガスは溶けにくく、従って溶けてないガスが吹き出すということなのである。一方、冷え過ぎて零度に近いビールをコップに注いでもほとんど泡が起《た》たないのは、冷たいビールにすっかり炭酸ガスが溶け込んでしまったからである。

泡はビールの命であり、炭酸がビールにほどよく溶け込んでいれば、喉越しがとても爽快となり、美味しく味わえる。よく中国のあちこちの地方や、東南アジア各国の田舎に行くと、冷蔵庫もまだ普及してないところもあって、そのようなところでビールを飲むと、大体が生ぬるくて実に不味い思いをすることになる。俺の友人にはとてもビール好きがいて、ビール生ぬる地帯に旅するときには、日本からわざわざ魚釣りの人たちが使っているクーラーボックスを現地まで持ち込み、朝、ホテルを出る時にその中に氷を入れてもらい、そこに買い込んだ缶やビン入りの生ぬるいビールを入れて冷やしているほどである。なかなかやるもんだわい、といつも感心して見ているのだが、しかしやっぱりそのようにしてまで冷やしたビールの美味さは格別である。

三年前にミャンマーの首都であるヤンゴン市に行ったとき、ビールの計り売り屋が市内のあちこちにあるのを見てびっくり仰天したことがある。これは今でもヤンゴンでは当り前に見られる風景で、紐の付いたビニール袋に計り売りで買ったビールを入れ、ぶら下げて街を歩いているおっちゃんをどこでも見ることができる。これは面白いなあと思って俺も買ってみた。一リットルを注文すると、店員は樽から汲み出し器で一リットルのビールをビニール袋に入れ渡してくれた。一リットル二〇〇チャット（一USドル＝二五〇チャット）であった。ここで俺が最も注目したのは、一体泡の部分は一リットルの中に入るのかどうか、ビールの液体部分が一リットルなのかどうかということであった。これは、買う方にしてみれば大問題なのだけれども、売る方にしても利益率に係わることであるから、互いに鍔競《つばぜ》り合いをするところなのである。で、その結論はというと、大したもんですなあ。ちゃんと泡の下の液（ビール）のところを以《もっ》て計るのであった。ビールを買いに来た者は、泡が治まって泡とビールとの間にできた区画線のところで一リットルを確認、そしたら安心してビールをビニール袋に詰めてもらって、二〇〇チャット払うという次第である。計り売りビール屋の前に結構人が並んで順番を待っているのは、前の人のビールの泡がなかなか落ちなくて、ビールが一リットルの区画線まで達するのに時間がかかるからであった。俺の番が来て、一リットルのビールを袋に入れてもらうのに五分はかかったが、それでも早く泡が落ちたほうで、さっそくそのビニール袋のビールを飲んでみることにした。袋にはちゃんとストローが一本ていねいにも付いていて、それでチュウチュウとビールを吸う。あれには気分がでなかったなあ。やっぱりビールはチュウチュウじゃなくてグビグビと飲むものだからである。おまけに、生ぬるいときているからよけいに不味であった。そして、そのビニール袋入りのビールを買っていく人を側でよく見ていると、袋の中の液体の色は茶褐色で、泡立っていて、なんだか皆が自分の小便を袋に入れてぶら下げているように見えたのだった。そう思うと、自分も小便入りの袋をぶら下げているような感じになって、余計に不味く感じてしまった。

話は替わって日本。世界広しと雖《いえど》も、日本のビールほど美味なものはない、と言っていい。どこで飲んでもよく冷えていて、泡立ちもよく、味が実にまろやかだったり、スッキリしてたりで、さまざまなタイプが楽しめる。アサヒ、キリン、サッポロ、サントリー、オリオン、銀河高原といった大きなメーカーのビールは、もう、世界のどこの市場に出しても引けを取らない。

しかし日本のビールだからと言って、必ずしも美味なものばかりかというと、実はそうではない。酒税法にも規制緩和が施され、数年前からいわゆる「地ビール」と称するビールが全国各地に乱立した。北は北海道から南は沖縄まで、地ビール会社のない都道府県は数えるほどで、そこではさまざまな品質のビールが造られている。中には大手にも負けない品質のものもあり、たちまちにしてそのファンになった人も少なくあるまい。この地ビールの良いところは、それぞれの醸造元が大会社のビールにはできない個性を持ったビールを醸《かも》していることで、むしろそれを売りものにしていると言ってもいい。

ところが、いくら個性を表現したビールだといっても限度というものがあって然るべきだが、中にはそれを通り越して異常な風味を持つ不味い地ビールのあることも確かである。俺はこれまで、全国各地の地ビールを賞味してきたのであるが、飲むに耐えられぬ不味いビールにも何度か遭遇した。あるものは、口にしたとたんに酸味が強すぎて、何だこれはワインビールではないか、と思ったこともあったし、ビールにあってはならないジアセチルという成分の異臭や硫化水素臭が強く付いたものもあった。これらの成分がビールに在ると、ビールがとても不快な匂いになるが、その原因はビールを発酵している間に雑菌の混入があったり、酵母が異常発酵したりすることにある。また、焦げた匂いが異常にするもの、ホップの効きが悪いもの、泡が直《す》ぐ消えて、ビールの体を成していないものもあった。地ビールは、せっかく世間から認知されて、しっかりしたいい製品を醸していけば、将来性のある市場を持つのだから、そのようなところはもっと努力し、がんばるべきであろう。

独逸と麦酒

森茉莉

もり・まり
1903年、森鷗外の長女として東京に生まれる。小説家、随筆家。『父の帽子』で日本エッセイスト・クラブ賞、『甘い蜜の部屋』で泉鏡花文学賞受賞。その他おもな著作に『恋人たちの森』『贅沢貧乏』『ドッキリチャンネル』など。1987年没。

ミュンヘンの、ホーフブロイ（酒場）は、天井を支える太い柱の間々を俎《まないた》のような卓子《テーブル》が埋め、麦酒を飲む群衆が溢れていた。日本のビアホールのように、麦酒を飲みながらぼそぼそ会社の話や家《うち》の話をしているとか、会社帰りの僅かの時間に寄った人間が時間を頭において飲んでいるとか、そういうような、つまり心が麦酒と他のものとの二つに分れている人物たちはいない。そこには唯、「麦酒を飲む人」が、いた。日曜日に遊ぶことを許されている子供のように、独逸人は社会からも、女房からも、神様からも、麦酒を飲むことを許されているようで、銀座のライオンの四、五倍はあるホーフブロイは「麦酒」と「人間」との場所である。紅く太い、黄金色の生毛《うぶげ》の生えた腕の給仕女は、襯衣《シャツ》の袖をまくり上げ、大きなジョッキに樽からどくどくと麦酒を注《つ》ぎ、大きな木のへらで、盛り上った泡をパッとこき捨て、どしんどしんと運んでくる。その女たちも、貧乏の不平とか、恋人のない不平、「ミス何々」になれない不平、なんていうめそついた考えを頭においていなくて、彼女らは「おれは（わたくしでも、あたしでもないのである）今は麦酒を運んでいる」と想うだけで、家に帰ると自分も卓子に太い肱《ひじ》をついてどくどく麦酒を飲んでから洗濯、或いはデイト、或いは父親や母親の用をする、という感じであって、つまり「ホーフブロイ」という建物の中は「人間」と「麦酒」以外のものは存在を失っている。麦酒は盛大に注がれ、盛大に飲まれているのである。肴《さかな》は丸茹《まるゆで》の豚か腸詰に練辛子をつける。これも壮大なものだ。

「麦酒酒場」以外でも、大体麦酒は独逸国民の毎日のお祭りのようなものらしかった。だから、ゲーテも、モツァルトも、フロイトもマックス・ラインハルトも、へルベルト・フォン・カラヤンも、又はどこかの横町のヨハンネス爺さんも、その隣のエルネストも、その恋人のゾフィーも、向い側の弁護士のオールゲエムも皆麦酒の匂いがし、もしかすると病人も、粉薬を麦酒で流しこんでいるかも知れないのである。

私は独逸人の麦酒の飲み方が、好きである。麦酒は豪放で、爽快でなくてはいけなくて、ちょっとでもけちくさくてはいけない。巴里では葡萄酒が国民の毎日のお祭りであるが、麦酒もよく飲む。子供をキャフェにつれて行って何を飲むかときくと、小さな、薄い、薔薇色の唇を尖らせて「麦酒《ビエール》」というのだ。私はヨーロッパ人が陽気で、日本人のようにじめつかないのは、お茶のように飲む飲みものに、適度の酒精《アルコオル》が入っていて、又それが安くて美味しいからじゃないかと思っている。

但し私自身は、麦酒を爽快に飲めない。麦酒をサイダー用の洋杯《コップ》に半分飲むと酒《しゅ》顚童子《てんどうじ》のような顔になり、心臓がどきどきするのである。哀れな私は好きな、美味しい麦酒やヴェルモット、アニゼット、ウィスキー、白葡萄酒なぞを、利《き》き酒をする人のようにして少しずつ、飲んでいるのである。

地ビール ● 種村季弘

たねむら・すえひろ
1933年東京生まれ。ドイツ文学者、評論家。異端の作家を紹介し、幻想文学の確立に尽力した。おもな著作に『怪物のユートピア』『ザッヘル＝マゾッホの世界』、作品集「種村季弘のラビリントス」など。2004年没。

地ビール解禁というか、これまでのようにビール・ブランド数社の独占醸造ではなくなるらしい。当たり前の話で、麦と水で造るビールにお国柄、地方色がないほうがおかしい。ヨーロッパのビール醸造は、土地の事情に通じて土地の人間の舌の好みをよく知っている、古い家柄の家業なのがふつうである。土地の料理や風土に合わせる、日本酒の地酒造りと同じことだろう。

もちろん一千万都市ともなれば、それでは需要に追いつけない。だから無国籍、多国籍の大量生産ブランド・ビールが出回っている。しかしこれはノン・アルコール飲料のコーラなどと同じで、味覚の最大公約数を標的にしている。だれでも、どこででも飲める。そのかわり、私がここでしか飲めない、というものではない。

そもそも万人の口に合うビールなどというものはない。できれば自家製のビールに越したことはない。そうもいかないから、各都市がおのおのご当地産のビールを自慢にする。勢い、ほかの都市のビールをこき下ろす。ミュンヘンっ子は逆にウィーン・ビールの軟弱さを泥臭いビールを小馬鹿にする。ウィーン人はミュンヘンの軽蔑する。ビールは各都市の誇りであり、だからむかしながらの都市名門の家業であることが多いのだ。

ニュルンベルクの町中で「トゥヒャー」というビールの看板を見かけた。トゥヒャーなら知っている。ニュルンベルク切っての名門である。前世紀のニュルンベルクにカスパール・ハウザーという素姓不明の孤児が捨てられた。それを引き取った養父の一人が、トゥヒャー家の当代、ゴットリープ・フォン・トゥヒャー男爵だった。ヘーゲルやフォイエルバッハの講義に列したこともある、教養豊かな土地貴族だ。

『謎のカスパール・ハウザー』というハウザーの伝記を書いたことがある。執筆中の私は、うかつにもトゥヒャーがビール業者とは知らないでいた。弁解くさくなるが、気がつかなかったのには訳がある。カスパール・ハウザーはビールを飲まなかったのである。ビールと肉を与えると嫌悪の色もあらわに拒絶し、水とパンを与えると受け入れた。

かりにカスパール・ハウザーがビール好きだったら、トゥヒャー・ビールの存在にはいやでも気がついたはずだ。後の祭りは、私がカスパールに代わってトゥヒャー・ビールをがぶ飲みしたことだった。

涙を流した夜

北大路公子

きたおおじ・きみこ
北海道生まれ。エッセイスト。ウェブで発表していた日記が評判となり書籍化されて人気に。おもな著作に『枕もとに靴　ああ無情の泥酔日記』『生きていてもいいかしら日記』『ぐうたら旅日記　恐山・知床をゆく』『苦手図鑑』など。

その日、私は泣いた。冷たくて惨《みじ》めで、台所の片隅でハラハラと涙を流した。そのことを思い返すと今も感情的になるので、あったことだけを淡々と記す。

夜中だった。私は一日をビールで締めくくるべく台所に向かい、そこで一本のガラス瓶を手に嵌《は》めることになった。シンクに放置されていたそれを善意で洗浄中、中に入り込んだ右手が抜けなくなったのだ。

一瞬の出来事だった。薄暗い台所で私の右手は、かつてラッキョウが収納されていた瓶の中に完全に閉じ込められてしまった。

私はガラスに覆われた己が手を眺め、しばし台所に立ち尽くした。そして、とりあえず酒を飲もうと思った。元来の目的が飲酒である者にとって、この場合の「とりあえず」は義務と同義である。私は左手で冷蔵庫を開け、左手でビールを取り出し、左手でグラスに注ぎ、左手でそれを飲んだ。右手は変わらず瓶の中だが、私は楽観的だった。幸いだったのは、我が家が金物屋であることだ。いざとなればガラス瓶の一つくらいどうにでもできるだろう。

明るい気持ちで、私は酒を飲み続けた。だがそのうちに、洗剤が付着したままの右掌が気になり始めた。ぬるぬるとした感触が手に残っている。私は再び台所に立ち、水道水による掌の洗浄を試みる。ところがそれは思った以上の難事業であり、気がついた時には、パジャマの袖《そで》が肘《ひじ》まで盛大に濡れていた。これは私の持論なのだが、濡れた衣服ほど人を惨めにさせるものはない。当然私は着替えにとりかかろうとし、そして気づいた。

瓶が袖を通らない。

私は再び台所に立ち尽くした。それから一つ息をつき、とりあえず酒を飲んだ。とりあえずの持つ意味については前述した。濡れた袖は不快であったが、ほどなく一本目のビールを飲み終えたので、二本目にとりかかった。要領は一本目と同じだ。左手でビールを取り出し、左手でグラスに注ぎ、左手で飲む。ただし一本目と異なることが一点あり、それは慣れぬ左手がビールとグラスの両方を倒したことだ。よく冷えた、思いがけず大量のビールがパジャマの前面を濡らした。

私はうろたえた。液体の流出を防ぐべく咄嗟《とっさ》に右手を差し出し、結果として装着したガラス瓶でグラスを叩き割った。嫌な音が響き、次いで奇妙な静寂が訪れた。長い静寂だった。身体は徐々に冷えつつあった。ビールはまだ膝《ひざ》の上に流れ落ちていた。私はのろのろと立ち上がった。左手でグラスの欠片《かけら》を拾い、台所からありったけの布巾を持ち出して左手で拭いた。拭き終えると再びそれを台所まで運んで左手で洗った。惨めだった。冷たくて惨めで、そして気づいた。

布巾を絞れない。

その刹那である。私はハラハラと涙をこぼした。涙をぬぐうはずの右手はガラス瓶に嵌まっていた。パジャマの裾からはビールが滴《したた》っていた。それで私は泣いた。

真夜中の台所だった。

その後

結局、父に助けを求めるも、父が私を仕事場へ連れて行き、パイプ切り用の電動ノコを指差しながら、「ひっひっひ。切るかい？　あれでガラス切るかい？　うっかりすると手首なんか簡単に飛んじゃうけど、父ちゃん慣れてるから大丈夫だよ。たぶんね。たぶんだけどね。ひっひっひ」と、嬉しそうに笑った時に再び泣いた。

ピルゼンのピルゼン

開高健

かいこう・たけし
1930年大阪生まれ。小説家。洋酒会社宣伝部勤務を経て作家活動に。おもな著作に『裸の王様』『輝ける闇』『オーパ！』など。『ベトナム戦記』などノンフィクション作家としても活躍。1989年没。

チェコのお酒の話。

機関銃と靴とガラスで有名なこの東欧の工業国にもお酒がある。ビールはピルゼン・ビール、ぶどう酒はラインとおなじリースリング、ほかに二日酔いに原爆的にきく薄緑色の淡いリキュールを飲んだが、ざんねんなことに名を忘れた。

〝ピルゼン〟は、いま、チェコ領のなかに入っている。ドイツ人にいわせると、これは歴史的にドイツ領なのだからドイツが宗主権を持つということになり、チェコ人にいわせると頭からこれは歴史的にチェコ領なのだから宗主権もクソもない。ピルゼンはチェコであると、いう。ヒトラーが第二次大戦をおっ始める口実の一つに使った〝生活圏を東に！〟の叫びの〝東〟にピルゼンはズデーテン・ランドやダンチヒ回廊などといっしょにくみこまれ、血の泡のなかに巻きこまれた。

このあたりの地帯は血の海のなかにただようヨーロッパ半島のなかでもバルカンやザール炭坑地帯とおなじようにいつも国境問題のくすぶっていたところで、とりわけ血の匂いの歴史に濃くつつまれているが、しかし、ビールの名産地である事実は昔から変らないのである。チェコ人に会って、〝プルスナー〟とつぶやくと、ニッコリする。〝ビール〟はチェコ語では〝ピーヴォ〟である。この二つをつないでつぶやけば、まずおたがいのあいだに一枚の扉がひらかれることになる。

ピルゼン・ビール、プルスナー・ピーヴォは、日本で私たちが想像しているよりもはるかに重厚なビールである。重いのである。色はウィスキーやブランデーにちかいコハク色がいま、私の目のうらで遠く小さく灯にかがやいてゆれている。〝重い〟というのはコクがあるということになるだろうか。このむずかしい日本語を英語でさがすと、かろうじて、〝body〟ということになるだろうかと一般では妥協しているのだけれど、その言葉をそのまま使うと、ピルゼン・ビールは、〝heavy bodied〟ということになりそうである。

泡はこまかくて、白くて、密であって、とろりとしている。よく冷やしてあるので、チューリップ型のグラスは汗をかいている。グッと飲む。クリームのような泡が舌にのる。その濃い霧をこして、とつぜん清冽な、香り高い、コハクの水がほとばしる。クリームの膜が裂けて、消える。清水が歯を洗い、のどを走り、胃にそそぎこむ。目が薄ッすらと閉じかけて、パッとひらく。やがて腸が最初の通信を発する。チカチカと熱くなるのだ。それが肉を浸して肌へ頭をだす頃になると、チェコの民謡をふと口ずさみたくなるというものである。〝タンツイ、タンツイ、ヴィクルージェ、ヴィクルージェ（踊れ、踊れ……）〟……

なぜそうなのかわからないけれど、チェコの生ハムがすばらしくうまい。チェコ語では〝シュンカ〟といっている。〝シュンカ〟と〝ピーヴォ〟の二つを知っていたら軽い昼食はまずまずすませられるだろうと思う。フランスの生ハムはサケの肉の切身みたいな色をしていて、柔らかくて、すばらしい香りを持っているけれど、あれより少し固くて、少し塩味だけれど、チェコのハムはとてもおいしいのである。それをコッテリしていながらも岩清水のように冷えたプルスナーといっしょにやると、思わず、〝ゲクィ〟とつぶやきたくなるネ。これはゲップみたいな発音だけれど、〝ありがとう〟という意味なのだよ。

社会主義国になるまでのピルゼン・ビールはすばらしかったけれど、社会主義国になってからのは国営業だからまったくダメだ。というようなことをつぶやくのが〝通〟の初歩となっているのだが、私にはそんなことはどうでもいいのである。昔の日本酒はオチョコを持ちあげると受皿がいっしょにくっついてきたけれどいまのは水みたいだ、というようなことをいってロートルどもが嘆くのに似ている。いまの人たちがうまいと思う味がそのものの実の味なのである。それが、ものの味というものの、地上における、いつもの真理なのだと思う。文学作品と、ものの味とは、その点でちょっと基本的に相違するところがあると思う。

チェコの都はプラーハだが、社会主義国になっても、市内には地下酒蔵があって、その地下で醱酵させたプルスナーをそのまま大樽から汲んできて飲ませてくれる。この酒場は古都にふさわしい湿めりと、ほどよい暗さと、野蛮なほど厚いテーブルを備えていた。飲んでウットリと目を細めていると、男女の大学生たちがやってきて、ちかくの席でなにやらワァワァとはしゃぎつつ飲み出したので、私も釣りこまれてワァワァと飲みだし、人類の国際愛についてのものすごい、翌朝になれば赤面して便所へかけこむよりほかにテのないような美しい、大きな言葉の数々をやたらにならべて名物のソーセージをむさぼったのである。

ビールへのこだわり ● 千野栄一

ちの・えいいち
1932年東京生まれ。チェコ語を中心とするスラブ語学を専門とする言語学者。おもな著作に『ポケットのなかのチャペック』『言語学のたのしみ』『プラハの古本屋』『言語学フォーエバー』など。2002年没。

もうかれこれ一年ほど前（一九九六年）のことになるが、かつて日本のチェコスロヴァキア大使館の参事官であったS氏から電話があった。「もしもし、先生ですか、Sです。お元気ですか。実は今度、私の方の会社の者たちが日本に行きます。飛行機をチャーターして。若い人たちです。二〇名くらい。電信の分野で働いている人たちで、お金はあります。スケジュールも、宿の手配もしてあり、切符も全部買ってありますが、新幹線で東京に着いてからホテルまでと、ホテルから羽田まで――日本のあと台湾に飛ぶんですが――この間が抜けているので、誰か学生さんか、院生の人を見つけて、案内してやってください……」

久しぶりに元気そうなS氏の声に嬉しく思い、その両日はちょうど空いていたので、自分で引き受けることにした。考えてみると、S氏は一九六八年、いわゆるプラハの春のとき、日本のチェコスロヴァキア大使館にいたメンバーで、ワルシャワ条約機構軍のチェコスロヴァキア占領に反対したため、その後、外務省を去らねばならなかった人である。苦しいいわゆる「正常化」の時代を真面目に耐え、そしてハヴェル大統領を実現した「ビロード革命」で、一年余ほど、参事官として復活した人なのである。

プラハからの国際電話でゆっくりしゃべっているので心配したら、この電話を管理している会社にいるとのことで大笑いをした。しかし、時代が変わったものである。自費でチェコの比較的若い人たちが日本へ来たり、台湾へ行ったり、こうやってS元参事官が直接電話してきたり……占領後のいわゆる「正常化」の時代には、「がんばってください、こちらは元気です」ということを伝えるにも、いろいろ注意しなければならなかったからである。

浅草にあるそのホテルに電話して、マイクロバスを出してもらえば終わりとおもっていたが、そんなバスはなく、勝手に来るようにという話だったので、そうすることにした。

当日、指定された列車から、元気よく全員が降りて来た。たしかに元参事官より若いが、三〇歳から五〇歳までの人たちで、中にはかなりの荷物を持っている人たちもいた。

バスがない旨を説明して、その大きな荷物と共に山の手線に乗り、上野で降りて、タクシーに分乗してホテルへ向かった。後で分かったが、その中の二、三組は更に地下鉄で田原町まで行き、徒歩でホテルへ来たとのことである。

その日は高層建築を見たいといわれたので、新宿へ行き、展望台に登り、写真を撮り、日頃、私がチェコ語の授業の後、ビールを一杯やる「ライオン」で、全員にビールを一杯ずつ振舞った。数人の人は自費で一、二杯追加したらしい。

夜、浅草のホテルに戻ると、近くの飲食店が皆閉まっているのには驚いた。浅草は宵の口までの町なのである。一軒開いていたスタンド風の中華料理店が、中華鍋で炒めものを作るとき、大きな炎が上がるのが珍しいと、カメラの列が出来、食べた後も、こんな所に連れてきてもらってよかったと全員に感謝されたが、これは思いもよらぬ怪我の功名であった。

翌日からはガイドつきだったり、自分たちだけだったり、東京や鎌倉を散策したらしいが、皆よく英語ができ、他人に頼ることのない自主性を発揮した。かつての社会主義時代のいわゆる代表団には見られないことで、新しいタイプの人たちであり、ビロード革命後の変化の大きさが感じられた。

日本を発つ日、約束通り朝、ホテルへ行った。荷物を持った人たちが三々五々ロビーに降りてきて、会計を済ませた。そのうち、何かもめているのに気がついて行ってみると、備え付けの冷蔵庫の中の飲物の費用が、飲んでいないのについているというのであった。ホテル側はおそらくそのフロアーに電話して確認したのであろう、その問題はすぐ解決した。

ホテルを出て、電車に乗り、羽田に着いた。そして、出発のロビーで時間の来るのを待ちながら立ち話をしていたときである。

一人のチェコ人がつかつかと近づいてきて言った。

「先生はビールがお好きなようですね？」

「ええ」

「おいしいチェコのビールが飲みたいでしょう？」

「もちろん」

それを聞くと、そのチェコ人は後ろにいたもう一人の仲間に合図をした。すると目の前に大きいビール用の紙コップと、ピルゼンのプラズドロイの小瓶が出てきたのである。しかも、よく冷えた温度で。

なんとこのチェコ人は遠い日本や台湾に行くのに自分の好きな銘柄を持ち歩いているのである。それも缶ではなしに瓶で。チェコ人が普通に飲むビールは生で、プラハならどの街角にもビアホールがあり、家庭でもピッチャーを持って買いにいくのが普通である。余程のことがなければ瓶のビールは飲まないし、ましてや缶は飲まない。そこで重い瓶をたずさえて旅に出たのであり、旅の至る所でダークグリーンの瓶を記念に残してきたに違いない。

そして、ビールの温度は決まっていて、ビール文化のない所のように、温かいビールなど飲まないのである。遠く離れた羽田ででも、その原則を守って、冷たいビールを出したのであり、これが朝の会計のときの騒ぎの原因なのはビール好きならすぐピンとくるはずである。

＊

ビールの温度へのこだわりなら、日本へも来た映画『スウィート・スウィート・ヴィレッジ』の中の一場面を思い出す。突然、映画会社から私のところに電話があり、チェコの映画を英語から翻訳したのだが、どうもよく様子が分からないというのである。

「ところで、『七段目の様子はどうかね？』というのは、どういうことなのでしょう？」

「これは田舎のことで、ビールを飲む場面ではありませんか？」

「はい」

「地下室へビールを取りにいったでしょう？」

「はい」

「そこの家では地下室への階段にビールが置いてあって、その七段目と言うことです」

「それなら分かります。そのあと、『何で七段目が一番いい温度なのか？』と、続きますから」

これはこの家で出すビールがいつも適温であることをほめる台詞で、チェコのビール好きなら誰でもすることである。

この話には続きがある。この映画の監督はイジー・メンツルで、この監督が来日し、たまたま六本木の全日空ホテルでいくつかの記者会見を私が通訳することになった。話がすみ、暇になったとき、「ビールを飲みに行きませんか？」と、誘ったら、「いやぁ、僕はチェコ人だけれど、全然アルコールはだめなんだ」という答えが戻ってきた。そういえば監督はさっきからコーヒーの飲み続けであった。「でも、映画の中にビールを上手に冷やして飲むという話が出てくるのでは……」と言うと、「脚本を書いたのがスヴェラークだからね」という答えが笑いと共に戻ってきた。『スウィート・スウィート・ヴィレッジ』は、ズデニェック・スヴェラークの脚本で、イジー・メンツルが監督の作品なのである。

運命とは実に不思議なもので、この脚本家のスヴェラーク氏の書いた『コーリャ』という、脚本のような小説を私が読んで感激し、日本語に訳すことにしたところ（『コーリャ　愛のプラハ』集英社、一九九七年）、この作品の映画が東京国際映画祭でグランプリ、ついでアメリカでアカデミー最優秀外国語映画賞をとり、スヴェラーク氏とまず東京で、ついでプラハで顔を合わせることになった。プラハではオスカーの凱旋記者会見も傍聴した。

東京でお目にかかったとき、何を話したか忘れてしまったが、多分七段目のビールの話をしたのであろう。その後プラハから東京に帰る飛行機の中でプラハで買ったいくつかの雑誌に目を通していたら『レフレックス』誌の一九九七年の第十三号に父親の脚本家ズデニェック・スヴェラークと、息子の監督ヤン・スヴェラークとの会見記がのっていて、そこに、「昨年東京に行かれたとき、とても詳しい新聞記者がいて、『スウィート・スウィート・ヴィレッジ』をよく読んでいることが分かる、ビールを七段目で冷やすかどうかきかれたそうですが？」という質問が出ていたので笑ってしまった。

ラッキー・セブンはどこまでもついて回るものである。

＊

チェコ人はビールにこだわりがあり、飲むのにいろいろと条件がある。それをここで整理してみることにする。銘柄に関してはある人はピルゼンの「プラズドロイ」がいいと言い、ある人はチェスケー・ブジェヨヴィツェの「ブドヴァル」がいいと言って、人さまざまである。しかし、いいビアホールの資格とはという問いに関しては異口同音である。

まず第一に、一年中六度の温度を保つ地下室がなければならない。六度より低いと泡がしぼんでしまい、高いとブクブクになる。絹漉《ごし》のようないい泡は六度の地下室がないといけない。ちなみに気温がチェコより高い日本では、これよりやや低めに調整してあるようである。

そこへ工場から運ばれてきた樽を数日寝かせる。ビールは静かにしておかないといけないし、古くなってはまずい。

次にその樽から上のカウンターまでのパイプ（これはとても長い）をよく洗わなければならない。よく洗わないとビールは苦くなる。これはかなり大変な作業だが、毎日きちんとするビアホールのビールはおいしい。日本で昼間行ったビアホールがまずかったのに、夕方行ったらうまかったというのは、先に来た客がこの苦いところを飲んだあとだからである。東京でうまいビールを飲みたかったら、銀座なり、新宿の客の多いビアホールに夜行くに限るのはこのためである。

次に新しい樽を開けたら、最初ジャボジャボ、ゴソゴソと出てくる不規則な泡のビールを捨てることである。プラハの通《つう》のいくビアホールでは最初に樽から出る半リットル二〇杯をカウンターに並べて見せ、それを全部捨てて、二一杯目から客に出す。日本で泡をあっちに入れ、こっちに入れして一杯分をでっちあげるビールなんてビールではない。

次いで注ぎ方である。半リットルのジョッキを回すようにして静かに一気に注ぐのがいい。まだ半分残っているのに注ぎ足したり、「私、飲めないから、半分あげるわ」、なんて言って人のジョッキに入れるのなど、まわり中から白い目で見られるのは確実である。

食べるものとの組み合わせも問題だが、これには絶対というルールはない。

ビールは一年中おいしいわけではなく、秋は味が落ちる。新しいホップが出回る十月中頃から十一月にかけておいしくなるのはそのためである。チェコのホップは世界一で、ジャテッツ（日本のビール関係者にはドイツ名のザーツで知られる）のホップは世界のホップの値段をリードする。この町はプラハの西北西百キロ弱にあり、このあたり一帯はアンツーカーのような色の土地である。

あるとき、日本のビールの関係者に、「どうしてチェコのようなビールができないのですか？」と、きいたところ、その理由の一つとして、「チェコみたいに贅沢にホップが使えないのです」という返事が戻ってきた。

チェコではお茶は色が出る限り使うが、日本なら、そのずっと前に捨てているわけで、この関係がホップでは逆になるわけである。さて、出された半リットルのジョッキを持ち、軽く泡を吹いて、その下から一気に飲む。そのとき口ひげの所に白い泡がつくのがいいビールである。

このようなことをいつも友人に言い、講釈していたら、いつの間にかあいつはうるさいという評判になった。しかし、その最先鋒にいた人物を、プラハのいいビアホールに連れていって飲ませたら、それ以来ビールに関しては借りてきた猫のようになったのは面白かった。チェコのビールは実においしいが、本当の味は本場の生をのまなくてはならないのはいうまでもない。

「どのくらい飲みますか？」ときくと、「一メートルから一メートル半」という答えが返ってくるが、これは半リットルのジョッキを並べたときの長さのことである。

ああ、喉が乾いた。「ナ・ズドラビー！（健康を祝して）」、「チャウ！（やあ）」

＊

この何となくつながりの悪い三題噺のまとめに一つのチェコの作品の紹介をしよう。その短篇の作者はエドゥアルト・バス、作品名は『プラハのシャーロック・ホームズ』である。バスはチャペックと同じ時代に、同じように新聞記者で作家として活躍した人である。

マジェナはプラハに奉公に来る。ご主人が朝、どこで食料品を買い、ビールは公園の向こうの「黒ビール屋《チエルニー・ピヴオヴアル》」で買うことを教える。朝はうまくいき、昼もビールを買うまではうまくいった。そして通りに出ると、楽隊つきの行進の人の波で、中から「マジェナいっしょにおいでよ！」と、声がかかる。三曲目でご主人が待っているのを思いだし、帰ろうとするが、その日始めて知らない町に来たマジェナには帰る道が分からない。途方に暮れていると、お巡りさんがいる。どこに住んでいるのかも、主人の名も知らない迷子にお巡りさんも困る。

突然いい考えが浮かんだ。

「ビールをかしてごらん」

お巡りさんはピッチャーをつかむと残っていた泡を吹き飛ばして中を見た。考え深げににおいをかぎ、口をつけて、ゆっくりと一口飲んだ。それからビールを舌でころがしながら玄人っぽく味を吟味し、突然マジェナの方を向いた。

「ウ・プリマスー？」

マジェナは頭を振った。

このあと二軒の名を言ったが違っていた。そこでビールの味で店が分かると考えた天才的なアイデアもつきたかと思った。

……四度目にピッチャーを飲もうとしたとき、誰かの怒ったような声がした。

「恥ずかしいと思わないのかね！　真っ昼間から道でビールを飲むなんて！　それにまだ勤務中だろう！　ビールならどこかへ行って飲みたまえ」

お巡りさんは身をすくめ、足を揃え、左手はピッチャーを持ったまま体を引き寄せ、右手は帽子のところへ上げた。警部だったのだ。

「報告します。警部殿、本官は喉がかわいていたのでビールを飲んでいたわけではありません。ここにいるお嬢さんが迷子になってしまいまして、どこから来たのか分からないのであります。それをビールを飲めばどこの店か分かるかと……」

警部はまず巡査に目を向け、それからマジェナを見、最後にピッチャーを見た。巡査とマジェナは何が起こったかをもう一度説明した。警部はぶつぶつと低い声でうなりながら、まわりに集まってきた人たちを鋭い目つきで眺めた。こんなことをしていてもらちがあかない、何か手を打たなければ！

「ピッチャーをかしたまえ！」警部はとうとう言った。巡査はうやうやしく渡し、警部は興味津々の人たちを気にもせずぐっと傾けた。それからピッチャーを離し、しばらくどこか遠く、火薬塔の向こうあたりを見つめてから、舌なめずりし、口ひげをひねるとやさしく言った。

「四の五の言わずにお嬢さんに道を教えてあげなさい。これは『黒ビール屋《チエルニー・ビヴオヴアル》』だよ」

（保川亜矢子訳より抜粋）

生ビールへの道 ● 東海林さだお

しょうじ・さだお
1937年東京生まれ。漫画家、エッセイスト。『新漫画文学全集』『タンマ君』で文藝春秋漫画賞受賞。講談社エッセイ賞受賞の『ブタの丸かじり』をはじめとする「丸かじりシリーズ」が大人気。その他おもな著作・漫画作品に『アサッテ君』『花がないのに花見かな』など。

これほどノドが渇いたことはなかった。

カラカラ、ヒリヒリ。ハーハー、ゼーゼー、炎天下の道路を半日歩きまわった犬のようになった。

真夏の陽盛りの午後一時から二時間、炎天下のグラウンドで野球をやった。

グラウンドに立っているだけでクラクラ目眩《めまい》がする。

クラクラしながらも、飛んできたボールを全力で走って追いかけなければならない。投げなければならない。

噴き出る汗の量たるや大変なものだった。

いまタオルで拭いたばかりの腕は、次の瞬間、タラコの粒々のような汗でびっしりとおおわれる。

タラコの粒は、あっというまにイクラ大に成長し、流汗リンリ、発汗ボタボタ、したたり落ちて大地をうるおす。

二リットルほどの汗が、体から出ていったはずだ。

乾いた雑巾をさらにしぼって乾燥機に二時間ほどかけ、それをアフリカの砂漠に持っていって二週間ほど放置した、というようなカラダになった。

もはや一刻の猶予もならぬ。待ったなし、いますぐ、この場で生ビールをゴクゴク飲みたい。

なのに状況はそういうことにはならなかった。周辺がなんだかモタモタしている。

「渋谷まで行って生ビールでも飲みましょうかァ」なんてノンビリ言っている。

ここは駒沢公園の近くのグラウンドだから、渋谷まで二十分はかかる。

今回の野球は、町内会野球に助っ人のようなかたちで参加したので、自分の意のままに行動することができない。

とりあえず、グラウンドから駒沢大学駅まで、炎天下の道を歩く。ノンビリ歩く。「ノンビリ歩いてる場合じゃねーだろッ」と思いつつも、みんなの歩調に合わせてノンビリ歩く。

途中に蕎麦屋があった。

蕎麦屋のビンビールでもいい。

蕎麦屋だろうが、牛丼屋だろうが、定食屋だろうが、キャバレーだろうが、ビールのあるところならどこでもいい。なのにみんなは、試合をふりかえったりしながらノンビリ歩く。

「いまはふりかえってる場合じゃねーだろっ。いまはビールだろっ」とたけり狂いつつも、「そうですよね、あすこんとこは、やっぱりスクイズだったですよね」なんて相づちをうちながらノンビリ歩く。

二十分後、一行は渋谷の駅を出て、目的の店に向かって歩いていた。

どうやら焼き鳥屋に向かっているらしい。

駅から七分ほど歩いてようやく焼き鳥屋に到着。一行九名は、このあたりでようやく行動が敏速になって、ドドドドと二階に駆けのぼっていった。

（いい傾向になってきた）と、ぼくもあとに続く。

テーブルを三つくっつけてもらって九名は席につく。

ここまでくればビールはもうすぐだ。

長い道のりであった。

エラの張った、パートのオバチャンらしいのが近寄ってきて伝票を構える。

こうなれば、もうあと、二分後には、冷たく冷えたジョッキを手に持ってゴクゴクやっていることになるだろう。

「あのね、ボクはね、生ビール大」

「オレ、中」「オレも中」

「わたしは小でいいです」「中ね」

「オレ大ね」「ボク中」「オレ大」

「そうするとアレですか。大が4に中が3ですか」

「いや、中は4じゃないの」

「すみません、もう一度一人ずつ言ってください」

何ということだ。いまは一刻を争っている時なのだ。大も中も小もないっ。こういう火急な場合は、間《あいだ》をとって中と決まっているものなのだ。

「中を九つ」。これでいいのだ。

「とりあえずそれだけ急いで持ってきて」。これでいいのだ。

そうすれば、エラの張ったオバチャンは、ただちにキビスをかえしてビール中を九つ、ジョッキに注いで持ってくることになるのだ。

「オレ、生ってあんまり好きじゃないんだよな。ビンにしよう。一番搾りある？」

「ウチ、アサヒだけなんですけど」

アサヒでもキリンでもライオンでも、何だっていいじゃないか。

「ボクね、やっぱり中やめて大にするわ」

大でも中でも、アサヒでもマイニチでも何でもいいではないか。

「エート、それからね、焼き鳥のほうは、オレ、この手羽先焼きってての、いってみたいな」

「ボクはツクネ」

ああ、何ということだ。

とりあえず、ビールだけ急いで持ってくるはずではなかったのか。

「このさあ、アスパラ焼きってのもいいんじゃない？　栄養のバランスもとれるし」

あのね、バランスはいつでもとれるの。あしたでもあさってでもとれるの。

いまはビールをいかに早く持ってきてもらうかが問題なの。

人間は集団を組んで生きていく生物だ。集団にはリーダーが必要だ。われわれの集団にはリーダーがいない。

「じゃこうしよう。何でも九本でいこう。手羽先焼きを九本。ツクネを九本。アスパラを九本」

ああ、ついにリーダーが出現したのだ。これでこれからはうまくいく。

「あのさあ、ほかはいいとして、ツクネ九本ての、多くない？」

「じゃあ、五本ぐらいにしとくか」

「いや、四本でいいよ」

あのね、ツクネはね、一本ぐらい多くても少なくてもどうってことないの。

その後、五分ぐらい様々にもめたあと、オバチャンは伝票にゆっくりと文字を書きこみ、ゆっくりと本数を確認し、うなずき、ゆっくりと立ち去っていった。

それからビールのサーバーのところに行き、ゆっくりとビールをジョッキに注ぎ始めた。

もう少し手早く注ぐこともできるように思えたが、オバチャンは、(自分の人生に改善すべき点など一つもない)という決意をエラのあたりで示しつつ、ゆっくりゆっくり注いでいくのであった。

九月の焼きそビール

久住昌之

くすみ・まさゆき
1958年東京生まれ。漫画家、漫画原作者、エッセイスト。漫画原作では、作画・泉晴紀氏との泉昌之名義『かっこいいスキヤキ』、作画・谷口ジローの『孤独のグルメ』など。おもな著作に『小説中華そば「江ぐち」』『食い意地クン』など。

九月八日、月曜日、晴れ。

このところ、天候が不安定だった。朝晴れていても午後になると突然の雷雨。

昨夜も雨が降ったりやんだりしていた。

でも今日は、カーンと晴れた。

晴れたけど、八階のベランダから見ると、入道雲も見える。

でもその入道雲の佇まいが、真夏と違う。

入道雲にモリモリとした勢いがない。青空との色彩の対比が何か違う。

大気が、透明に澄んでいて、太陽が眩しい。眩しいけれど、なんというか、よそよそしい。眩しいのに、暗いように見える。なぜだろう。

夏のほうがもっと空気に水分が含まれていて、その中を通ってきた光はふっくらとしてジリジリと熱い。我々の体全体を摑んでくるような、そういう夏の大きな掌のような暑さ。それが、今はない。他人のような暑さ。

真夏の入道雲は遠くでモクモクと湧き立つけど、なぜかプールのほうに来ない。

九月の入道雲は、すぐこっちにやってきて、辺りをかき曇らせて、ひどい雨を降らす。なんだか、意地悪だ。

九月だから、仕方がない。

秋。

夏が終わってしまった。

若いときは、夏は永遠に繰り返されるものだった。

今は、永遠ではないことがハッキリ見えている。

今まで味わっただけの数の夏を、ボクはもう味わうことはできないだろう。
味わうには、あと五十年生きなければならない。
気が付けば折り返し地点を通りすぎている。なんてことだ。
ボクは毎日、雨でないかぎり、仕事場まで三十分、歩いていく。
同じ道を歩いていても、真夏はTシャツの背中に汗をびっしょりかいた。
今日は、汗ばむ程度だ。
空気が気持ちいい。
でも気持ちいいのがサビシイ。
夏生まれのボクは、本当に夏が好きなのだ。
住宅街を抜けて、井の頭公園で森に入る。
ここでいつもぐっと気温が下がる。
日の光が遮られた高い木の下は、空間に緑色のフィルターがかかってる。
樹木の匂いがする。でも雨上がりなので、湿った土の匂いが強く混じっている。
ここを通り抜けるわずか五、六分が、いつも惜しいように楽しい。
前にこの森の道で大きなアオダイショウに出くわしてビックリしたことがある。

森は池に向けて急な下り坂になる。

噴水の音が聞こえて、池が現れる。

池の端には、ベンチで缶コーヒーを飲んでる人、写生をしてる人、写真を撮ってる人、ジョギングしている人、お弁当を食べている人、静かに話している若い男女、老夫婦、赤い帽子の子供たち、いろんな人たちがいる。

でも月曜日のせいか、それらの人の数は少なめで、週末とは大違いだ。

池の縁に沿って歩き、七井橋のたもとまで来た。

池の真ん中を渡る橋だ。

橋のたもとの両側に、古い茶店がある。古いといっても、最近両店舗ともに改装したばかりできれいだ。

通りすぎようと思ったけど、なぜかその一軒に寄りたくなった。

あんまり気持ちがよかったから、このまま池を離れ、坂を登って駅前に近づくのがもったいないと、体が思ったのかもしれない。

この店に入るのは何年ぶりか。地元生まれのボクだが、入ったことは五回もない。

店の中はがらんとして誰もいなかった。それがまたうれしかった。ひとり占めだ。

開け放った引き戸から外気が店内に満ちている。

奥のテーブルに着くと、急に蟬時雨に気付いた。ミンミンゼミ、アブラゼミ、ツクツクホウシ、混じり合って、夏の最後を振り絞るように鳴いている。

店員のオバチャンが出てきた。

「いらっしゃい。暑いですか？　クーラーつけましょうか」

「あ、けっこうです」

引き戸を閉めてクーラーをつけたら台無しだ。

オバチャンは、カウンターの上の扇風機をつけた。ゆっくりと、それは首を振り出し、すぐにやさしい風が届いた。

さらにオバチャンはコンクリートの床に置かれた扇風機のスイッチも入れたから、ひとりに二台の扇風機という、贅沢になりました。

「ビールと、焼きそば」

「はーい」

オバチャンは、店内の冷蔵庫から瓶ビールを出して栓を抜くと、コップと一緒にボクの前に置き、

「はいどーぞ」
と言って、店の奥に消えた。
開け放った店の表が、芝居の舞台のように、大きな長方形の枠で風景を括《くく》ってい
る。観客席にはボクだけ。
店の前は、池の周囲を一周するアスファルトの細い道。これが舞台だ。
道の向こうは井之頭の池で、池と道の間は、コンクリートでできた偽木の柵が区
切っている。
池の縁には、古い太い桜の幹が、右手から中央に向けて大きく下に湾曲しながら
伸び、葉をたっぷりつけた枝が、池にしなだれるように細く分かれている。
その葉々の裏に、池の水面に反射した光が、斑紋《はんもん》をちらちらと映している。
左手からは、これも古そうなカエデの木が張り出している。今は美しい緑の葉だ
が、秋にはこれが真っ赤になるはずだ。
それら二本の木の葉の間から、切れ切れに池の水面が見えている。光っている。
さらに遠くには向こうにスワンボートが並んでいるのが見える。
店の戸口には、カラフルなスーパーボールのガチャポンがあり、緑に埋められた

舞台にピンクや黄色や水色やオレンジのアクセントをつけている。ちょっとシュールな小道具。

とにかく素晴らしい舞台美術だ。

九月の特等席だ。

店の中が薄暗いので、よけい観客席のようだ。

音楽は何も流れていない。ありがたい。

外で蟬が鳴き、扇風機の音すら涼しく耳に聞える。

観客は、ビールを少し高いところから注ぐ。泡立てるためだ。でも、泡が溢れないように注意を払う。泡がコップの縁まで盛り上がったので注ぐのをやめて、瓶を横に置く。

そしてまた池と緑の舞台を見る。

短パンにTシャツでジョギングする男の登場人物が、上手から下手へ走りすぎる。

泡が半分ぐらいに収まるのを待って、もう一度、今度は瓶をコップの縁ギリギリに付けて、さっきより慎重にビールを注ぐ。

とても細かい泡がコップの縁から盛り上がる。

そしたら、これをグイッと飲む。
適度に炭酸が抜けていて、泡がきめ細かくなり、ビールの味と香りが引き立って
すごくおいしい。こんなメンドクサイことをするのは、ごくまれだ。ごくまれな時
間を自分は過ごしている。
夏を惜しまぬように、ゴクゴクと、コップ一杯をひと息で飲む。
下手から上手へ、ベビーカーを押した女の人がゆっくり通りすぎた。
続いて日傘を差した御婦人が通る。
みんな生きた緑の舞台の役者だ。
ビールを注ぐ。今度は普通に注ぐ。
ジュージューという音が店の奥から聞こえてきた。
舞台の袖で、観客の食べる焼きそばを焼いている音に違いない。
スワンボートが出ていくのが、木の葉の間から見えた。心憎い演出だ。
「お待たせしました」
運ばれてきた焼きそばの、なんとも素朴なこと。小さなこと。
ソース焼きそば。お祭りの屋台のそれと、街の中華食堂のとの中間のような、豚

肉とキャベツだけが具の焼きそば。そこに青のりがたっぷりふりかけられ、頂上に紅生姜がチョンとのせてある。駄菓子のような焼きそば。

「茶店」という言葉にちょうどよい焼きそば。

いいんだ、こういうのがまた。ビールに合う。おつまみ焼きそば。

うんうん、この麺のふんわり具合、家で作る焼きそばみたいな味。

ビールをすいっと飲む。

老夫婦が手をつないで通った。無言でゆっくり通りすぎた。おばあさんの小さな水色のウォーキングシューズ。

一眼レフのクラシックなカメラを首に下げて、せいいっぱいお洒落した若者が通った。黒縁の眼鏡。ワンポイントのTシャツに黒い革の小さなベスト。細身のジーンズ。ブーツ。パナマ帽。そんな格好で、井の頭公園で、彼は何を撮っているのだろう。

またジョギングの人。ジョギングにしてはハイペースだったな。矢のように走りすぎた。耳にｉＰｏｄ。

焼きそばが、しみじみおいしい。だからビールもしみじみウマイ。

おばあちゃんが、孫のケンちゃんと登場した。

ケンちゃんはすぐにスーパーボールのガチャポンに食いついた。

「ハイ、ケンちゃん、行くよ」

ケンちゃんはガチャポンがやりたいらしい。

「ほらケンちゃん、行きますよ」

ケンちゃん、おばあちゃんを無視。なにやら小声でブツブツ言いながらガチャポンにかじりついている。

「あぁ、あぁ、ケンちゃん、これが好きなんだぁ。……好きなんだけど、買えないよ、ママじゃないから」

言葉じりに、嫁と姑の確執がわずかにかすめて通った。思わず笑う場面だ。

ケンちゃんとおばあちゃん、下手に退場。

空舞台。

茶店のソース焼きそばで、ビールをやりながら、ボクは表を見ている。

誰もいない舞台に、意味あり気に木漏れ日がチラチラしている。

蟬時雨がますます激しい。

でもそれがうれしい。
鳴け、もっともっと鳴け。
いつまでも鳴き続けて、この夏を終わらせないでくれ。

倫敦のパブ ● 小沼丹

おぬま・たん
1918年東京生まれ。小説家、英文学者、随筆家。井伏鱒二に師事。『懐中時計』で読売文学賞、『椋鳥日記』で平林たい子文学賞受賞。その他おもな著作に『村のエトランジェ』『山鳩』『清水町先生 井伏鱒二氏のこと』など。1996年没。

倫敦の街を歩いてゐると、咽喉が乾くからビイルを飲みたくなる。知合のポオランド人の爺さんに云はせると、倫敦は大陸に較べて湿気が多いのださうだが、東京から来た人間には空気が乾いてゐるやうに思はれる。倫敦は到る所にパブと呼ばれる酒場があるから、乾いた咽喉を潤すには困らない。尤もこの酒場は昼時の三、四時間店を開けるが、それからまた店を閉めて、夕方の五時か六時迄は営業しないから、その点は困る。しかし、馴れるとそんなものと心得るから、別に苦にはならない。

酒場に入るとカウンタアの所へ行つて、ビタアを半パイント呉れ、とか一パイント呉れとか云つて、貰つたビタアを持つて好きな恰好で飲む。立話しながら飲む者もゐるし、坐つて飲む者もゐる。酒場で飲むビイルは大抵ビタアと決つてゐて、文字通り多少苦味のある生ビイルである。これを冷さないで飲むのだから、日本の生ビイルと違つて最初は何だかすつきりしない。しかし、飲み慣れると悪くないから、倫敦ではよくこのビタアを飲んだ。イギリスの風土に合つた飲物なので、日本で飲んだら同じやうに飲めるかどうか判らない。

中心地の混雑する酒場と違つて近郊の酒場へ行くと、このビタアを黒ビイルで割つた奴を前に置いて、如何にも満足さうにゆつくり飲んでゐる男達をよく見掛けた。坐る場所も決つてゐるらしく、知合同志愉しさうに話を交したりしてゐる。そんな連中を見ると、此方ものんびりして愉快になる。

倫敦ではあちこちの酒場を覗いたが、ビタアは半パイントが八ペンスと大体相場が決つてゐたやうである。倫敦で始めて酒場へ入つて、半パイントのビタアを貰つて幾らと訊いたら、

——アイト・サア。

と言ふ返事で面喰つた。エイをアイと発音すると判れば何でもないが、最初いきなりこれをやられると面喰ふ。尤もこれは四年前の話だから、いまは値上りしてゐるかもしれない。何でもいろんなビイル会社の経営する酒場も多いらしく、そんな店には外の壁にその会社のビイルの名前が附いてゐる。

オックスフオオドへ行つたとき酒場へ入つたら、半パイントで七ペンスか六ペンス半だつたと思ふ。学生町だからかと思つたが、その后《のち》あちこちの田舎町の酒場に行つたら七ペンス半とか七ペンスの所も多かつたから、倫敦とは違ふのかもしれない。田舎へ行つて岐《わか》れ道の所に古びた趣のある酒場が眼に附いたりすると、ふらふら入りたくなる。

倫敦に「シヤアロック・ホオムズ」と云ふ酒場があつて、知人に誘はれて行つたらコナン・ドイルの原稿だか何だかいろいろ陳列してあつた。観光客で矢鱈に混雑してゐて、ビタアも九ペンスと一ペンス高い。こんな店は一度行けば二度と行きたくない。

フリイト街の「ジヨンソンの家」の近くの狭い露地を入つた所に「チエシヤ・チ

イズ」と云ふ古い店がある。これも観光客の訪れる名所の一つらしいが、此方の方は何度も行きたくなる。サルウンでは軽食も出すが、ビタアを飲むのに食物は要らない。入口の右手の部屋に入ると街の連中が賑かに談笑してゐて、そこの鋸屑《のこくず》を散した床に立つて飲んでゐると、如何にも倫敦にゐると云ふ気分になる。

フリイト街には「チヤアルズ・デイケンズ」と云ふ酒場もあつて、この店にもときどき行つたが、これを日本流に云ふと酒場「夏目漱石」と云ふやうな具合になるかもしれない。さう思ふと何だか可笑しい。昔イギリスの小説を読んでゐたら、「豚と口笛」とか云ふ名前の酒場が出て来て、変な名前を附けたものだと思つたが、行つてみると実際「馬と馬丁《ばてい》」だとか「仔羊と旗」だとか変つた名前の店が沢山ある。王立裁判所の前には、「鬘《かつら》とペン」と云ふ酒場があつたから面白かつた。鬘は無論裁判官なぞの被る奴を指してゐる。「赤獅子」と云ふ店はあちこちでよく見掛けたが、別に同系統と云ふ訳では無いだらうと思ふ。

大抵の酒場は店の主人の好みを反映してゐて、いろいろ趣向を凝らしてゐる。しかし、一番いいのは店自体が二百年、三百年と古くて、昔の名残を留めてゐる酒場だらう。田舎へ行くとそんな店があつて、それは大体駅馬車時代には旅籠《はたご》だつた家で、駅馬車用の廐《うまや》の跡がサルウンになつたりしてゐるから面白い。一般向の酒場には、ダアツとかパチンコに似た機械を置いてゐる店もある。それから、小さな舞台のある酒場もあつたが、実際に演奏をやるのかどうか知らない。ソホの聖アン教会の近くの酒場は芸人の客が多いらしく、壁には芸人の写真や署名が沢山並べて貼つてあつたのを想ひ出す。コヴエント・ガアデンに近い酒場では、前の劇場に出演中の女優が舞台衣裳の儘《まま》立話をしてゐて、おやおや、と思つたこともある。あちこち歩いて草臥《くたび》れると酒場に入つた訳だが、逆に云ふと酒場に入るためにあちこち歩いたことになるかもしれない。

しかし、酒場はどこも気が置けなくて、のんびり出来たから悪くないと思ふ。ハムステッド・ヒイスの岡の上に「ジヤック・ストロウズ・カスル」と云ふ店があつた。三階はレストランだが一階は落着いた広い酒場になつてゐて、両側にヒイスの森が見える。家から近かつたからスヰス・コテッヂ同様よく行つたが、この酒場に坐つてゐるとなかなか良かつた。昼間ものんびりしてゐていいが、夕刻森のなかを散歩した后、上つて行くとこの店の赤い灯が点点と見える。それを想ひ出すと、もう一度あの酒場に坐りたくなる。

ビールの泡

田中小実昌

たなか・こみまさ
1925年東京生まれ。小説家、随筆家、翻訳家。『ミミのこと』『浪曲師朝日丸の話』で直木賞、『ポロポロ』で谷崎潤一郎賞受賞。その他おもな著作に『自動巻時計の一日』『ぼくのシネマ・グラフィティ』『アメン父』『新宿ゴールデン街の人たち』など。2000年没。

アメリカのバーでは、たいていのひとがビールを飲んでいる。それも、わりとゆっくり飲む。ビールのグラスを前において、飲むより、おしゃべりをたのしんでるようでもある。

ただし、バーと言っても、ニホンのバーみたいに、ホステスがいたり、なんてことはない。カウンターのなかに女のコやオバさんのバーテンがいることがあっても、客とぺちゃぺちゃしゃべったりはしない。もっともぜんぜんないわけではなく、ずいぶんきわどいというより、まるっきりのダーティ・ジョークを言いあったりしたこともある。

アメリカのバーはニホンの喫茶店みたいだと言うひともいる。コーヒーや紅茶を飲むためよりも、おしゃべりをするために、喫茶店にいく。それと、おなじようなもので、コーヒーのかわりに、ビールを飲むってわけだ。

アメリカにもコーヒー・ショップがあるが、ここは、ほんとに、コーヒーを飲んだり、なにか軽いものをたべたりするところで、あんまりおしゃべりなどはしない。

サンディエゴには、ビールとワインだけのバーもあった。ダウンタウンの「オキナワ」という沖縄の女性がやってるバーや、五アベニューの坂の途中の「ノーマ・ジーン」のバーもそうだった。

ノーマ・ジーンはマリリン・モンローが映画女優になる前の名前で、ここのママは年増だが色気があった。

アメリカでは、今でも、禁酒町や禁酒地区がある。しかし、そんなところでも、ビールとワインは飲めるようだ。だとすると、サンディエゴのビールとワインだけのバーは禁酒バーか。

もっとも、アメリカのアル中のひどいひとのなかには、ワインばかり飲んでるのがいる。ビールを飲みつづけてるアル中もいる。アル中のこともWINOと言ったりするが、これはWINEからきたものだろう。

ただし、はじめからビールばかり飲んでたのでは、アル中にはならない。なったとしても、アル中ではなくて、泡中だろう。

WINOにしたところで、ウイスキーやジンでアル中になり、それから、WINEびたりになるのか。禁酒地区は、アル中のための地区かもしれない。

一か月ほど、西ベルリンにいた。用があったわけではない。どこの町にいってもそうだが昼間はバスにのり、夜は酒を飲んでいた。ドイツのビールは有名だ。これは、ドイツ産のビールがとくべつおいしいとかいったことのほかに、ドイツ人はビールにやさしく、心こまかに気をくばっている。

だいいちに、ビールの泡をだいじにする。ニホンでも、ビールは泡こそ命なんて言うひとがいるが、ドイツでは、グラスにビールの泡の山をつくり、その山がへこんでくると、また、山にかさねてビールの泡の山をこしらえ、と、そんなことをくりかえす。

だから、ビールを注文しても、なかなかビールがでてこない。かなり時間がかかる。ビールの泡は、こまやかなのがいいそうだ。つまり、ふわふわの泡ではない。こまかで、濃密で、ねっとりしている。まるで、クリームのようだ。

ビールの温度のことをやかましく言うひとが、これまたニホンにもいる。ビールを冷やしすぎてはいけないと言うのだ。そんなひとのビールの理想の温度は、ぼくなどには、なまぬるくてしょうがない。アメリカ人の言う、ワーム・ビーア、あったかいビールだ。

じつは、ぼくはビールの泡も好きではない。泡をくってるのが、バカらしい。ぼくはケチなのだろう。アワでごまかされるのはいやだ、という気がある。そして、アメリカふうに、よく冷えたビールが好きだ。

七月二十日すぎ、ニホンではいちばん暑いさかりにベルリンにいくと、つめたい雨が降り、このまま冬になるのかなあ、とはなしていた。そんなところでは、よく冷えたビールはぞっと寒くなる。

しかし、ニホンで、ドイツのビールの温度を真似ることはない。ネクタイや背広だってそうだ。夏なお寒い（けっこう涼しい）イギリスやドイツの真似をして、汗をかくなど、こっけいすぎる。また、こういった国でも、紳士しか、きちんとネクタイなんかはしていない。ニホンには、なんと紳士のおおいことか。お酒だって、あたりまえのことだが、自分で好きなように飲めばいい。

気がつけば枝豆

角田光代

かくた・みつよ
1967年神奈川生まれ。小説家。『まどろむ夜のUFO』で野間文芸新人賞、『空中庭園』で婦人公論文芸賞、『対岸の彼女』で直木賞、『八日目の蝉』で中央公論文芸賞、『かなたの子』で泉鏡花文学賞受賞。その他おもな著作に『幸福な遊戯』『世界中で迷子になって』など。

肉が食べたい、と激しく思うときもあるし、魚食べたい、と思うときもある。茄子食べたい、もある、じゃが芋食べたい、もある。桃食べたい、も、ナッツ食べたい、も、やっぱりある。

が、「枝豆食べたい」は、ないんじゃないか。

もうどうしてもどうしてもどうしても枝豆が食べたい、狂おしく食べたい、って、私の場合、あんまりない。ないけれど、それが自宅であろうと居酒屋であろうと、夏のテーブルには、ちょこんと存在している。それが枝豆。

狂おしく食べたくはならないけれど、ないと、なんだか物足りない。なければないでべつにいいんだけれど、あればあったでぜんぜんかまわない、むしろうれしい。枝豆の、この不思議な存在感よ。

枝豆は、さやに入っている。グリンピースも空豆もさやに入っているが、調理するときはさやから出す。枝豆はさやごと調理し、さやごと食卓に出す。

エンドウ豆もさやに入っているが、さやごと食べる。枝豆のさやは食べられない。つまり、枝豆は食べるのに面倒な上、空さやというゴミが出る。なのに人は、その面倒を厭《いと》わない。これまた、不思議ですねえ。

そしてそんな面倒な枝豆だが、食べようと思うとそれだけにかかりっきりになる。おかずではない、純然たるつまみだからだ。

夏の定番仲間、冷や奴も似たようなものだが、しかしこれは、しようと思えばごはんのおかずにもなるし、ほかのものと組み合わせ可能だ。キムチ奴とかオクラ奴とかしらす奴とかね。でも、枝豆は枝豆だけ。ごはんのおかずにはならない、ほかのものと組み合わせ不可。ただ、目を宙にさまよわせ、さやを手に取る、口に運ぶ、豆を押し出す、豆を噛む、ビールを飲む、と永遠なる単体の往復運動。このとき、たいていの人はなんにも考えていないと思う。空白のまま、往復運動をし、「はっ」となる。「はっ」となって、ほかの皿のものに箸を伸ばす。

もちろん、枝豆を使う料理はある。枝豆炒飯とか、枝豆入りサラダとか、肉味噌に枝豆入れたり、パスタに枝豆入れたり。でも、これって「冷蔵庫にあるから、何かで使わなきゃ」系の料理だ、と思ってしまうのは、私だけであろうか。だってその料理、枝豆がなくてもきっと成立するもん。

枝豆のポタージュというスープもあるし、枝豆を使う豆ごはんもあるけれど、それだってやっぱり、空豆のポタージュでも代替可だし、豆ごはんはグリンピースが一般的で、どうしても枝豆じゃなきゃだめ、という料理でもない。

どうしても枝豆じゃなきゃだめ、という料理は、枝豆、そのものしかない。と、私は思う。そう考えると、狂おしく食べたくなるわけではない枝豆が、たいへん立派な存在に思えてくるではないか。そのもので勝負。それだけで勝負。

ところでこの枝豆であるが、値段にけっこうな幅があるのをご存じでしょうか。

二百円くらいのものもあるし、七百円近いものもある。一度、その値段の理由を舌で知りたくて、六百円ほどの天狗印の枝豆を買ったことがある。ちなみに、六百円ほどの枝豆というのは、私にはかなり高級な部類である。

うん、たしかに、香ばしくて豆の味が甘やかで、ノーブランド枝豆よりはおいしかった。だだちゃ豆は買ったことがなく、もらって食べたが、こちらもたしかに味が濃くておいしい。でも、さすがに千円を超すとなると「だって枝豆だよ?」と言いたくなる。

ブランド枝豆もいいが、枝ごと売っている枝豆があれば、それがいい。キッチンばさみでチョキチョキとボウルに落とすように切り、たっぷりの塩で揉む揉む揉む。しばらく放置したあと、以前は茹でていたのだが、さいきん私は蒸すようになった。ル・クルーゼなどの厚手の鍋に、枝豆とコップ半分ほどの水を入れて、二分ほど加熱、あとは余熱で蒸す。このほうが甘みが引き立つ気がするんだけれど、どうだろう?

野菜嫌いだった子ども時代の私も、枝豆は好んで食べていた。が、今のようにさやに口をあて、豆を押し出して食べることがどうしてもできなかった。さやのなかに虫がいたらどうしよう、と思っていたのだ。だからいちいちさやから豆を手のひらに取り出して、虫がいないかじーっと眺め、安全を確認してから食べていた。そうして成長過程のあるとき、枝豆のさやに虫が入っているのなんて見たことない、と結論づけて、それからは中身を確認せずに食べられるようになった。

この変化にビールが影響しているのは間違いないと、今になって推測する。ビールなしで枝豆を食べていた子どものころは、そんなふうにノラクラ食べていても、いっこうにかまわなかったのだ。が、食にビールが導入され、枝豆と切っても切れない仲になるにしたがって、口に運ぶ豆を押し出す豆を嚙むビール、口に運ぶ豆を押し出す豆を嚙むビール、の往復運動を滞りなくスムーズに行う必要性が生じ、それに合わせて「虫なんかいない」の気づきに達する、という具合。

ビールに枝豆って、ただ合うだけだと思っていたんだけれど、枝豆がアルコール分解を助けてくれるって知って、ちょっと頭が下がる思いだった。狂おしく食べたくはならない枝豆ではあるが、やっぱり食べないと夏を迎えた気がしない。えらいなあ、枝豆は。大豆にもなるしね。

お酒のにおいをよこすのだ！

天才バカボンより

赤塚不二夫

あかつか・ふじお
1935年旧満州国生まれ。漫画家。『おそ松くん』で小学館漫画賞、『天才バカボン』で文藝春秋漫画賞受賞。その作風からギャグ漫画の神様と称される。おもな漫画作品に『ひみつのアッコちゃん』『もーれつア太郎』『レッツラゴン』など。2008年没。

天才《てんさい》バカボン

お酒のにおいをよこすのだ!

買《か》おうにも学校《がっこう》の安月給《やすげっきゅう》はつかってしまったし……
そうだ! 生徒《せいと》のうちへ家庭訪問《かていほうもん》しようっ
田中《たなか》くんいますか
あら先生《せんせい》!
田中《たなか》くん宿題《しゅくだい》はやったか?
まだです
そんなことでどうするっ
ばか!
アホ! マヌケ! ヒョットコトックリオチョコ!
まあまあ先生《せんせい》これでものんで……
ニコッ
宿題《しゅくだい》なんかくそくらえっ
ゴクン……
ちくしょうどうしておれはこんなにお酒《さけ》がすきなんだろう
酒屋《さかや》の田中《たなか》くーん
あれっ?

ムカ〜〜〜
海水浴のため
本日休業
人《ひと》の気も知《し》らないで!
二学期《がっき》はオール1だからおぼえてろっ
内田《うち だ》くんのとこでのませてもらおう
富士登山《ふ じ と ざん》のため休業《きゅうぎょう》‥‥
内田《うち だ》もオール1だ!
べっそういきのためやすみ
山本《やまもと》もオール1!
ビヤホー
ちくしょう
お金《かね》さえあればなあ‥‥
ウ〜〜イ
もしもしビールおいしかった?
うまいうまい

ばか やろー！
わーい
？
先生《せんせい》 どう したん です？
あっ ビール！ いや バカボンの パパ
これから おたくへ 家庭訪問《かていほうもん》 するとこ なんです
すごい よだれ ですな
もちま しょう
いいです いいです
いいから もたせて
いやいや わるい
ガチャン
あっ
チュ チュ チュー
先生《せんせい》も そうとう いやしい ですな
キッ
よっ

地球《ちきゅう》がよっぱらったらどうするのだ!
おーい学校《がっこう》の先生《せんせい》がついてきたぞ
バカボン宿題《しゅくだい》やってますか?
まだのようです
ばかもの!
まぬけ!
先生《せんせい》いっぱいいかがですか?
きたっ
ニッコリ
いただきます!
ペー!これはムギ茶《ちゃ》でねえの!
パパをよびなさいっパパを!
はーい

ウ〜イ
なんです
か？
あっ
ずるい！
もう
のんでる
さっきの
ビール
ぜんぶ
のんだの
ですか？
そう
です
ゲプッ
ぜんぶ
きれいに
ですか？
そう
うちには
もう
ビールは
ありま
せん
ムカー
ばかもの！
勉強《べんきょう》も
させずに
お酒《さけ》を
のむとは
なにごと
だー！
ゲプッ
勉強《べんきょう》
させなさい
勉強《べんきょう》
もうっ
バカボン
やって
やれっ
はーい

くそっ 自分《じぶん》ひとりでのみやがってブツブツ……
先生《せんせい》ここんとこわかりません……
考《かんが》えろっ
あんまりどなるなっ わーっ
あ! クンクン お酒《さけ》のにおい!
フワーン
どらっ 先生《せんせい》がかわりにやってあげます
わー 話《はな》せるっ
そのかわりもう一ど ハーッとやって!
ハーッ
ウーイ…… きくなあ……
ウーイ どんどん宿題《しゅくだい》もってこーい!

あ！またよいがさめてきたっ
もう一どハーッとおねがいします
いやです
どうして？
なんだかおしくなってきたのです
けちけちしないでハーッとたのむ！
ただではいやです
一息《ひといき》十円《えん》でどうです？
お金《かね》があればこんなことしないっ
たのむ！ハーッでなくてハッでもいい！
にげます
ムカ〜〜〜こんなにたのんでいるのに！
もうおこった！
わっ

えいっ
わっ
ハーッとやれっ
ムム！
よーし！やらないなっ
ム！
えいっ
ドスッ
ハーッ
クンクンクンクンッ
ウ～イよったよった～～～
ちくしょう息《いき》どろぼうめ！
よーし！

いまにみてろっ
先生《せんせい》!
もう一息《ひといき》いかがですか?
あっ たのむ さめてきたとこだったの!
いい?
いいよ
スー
ハーッ
ゲハー!

ゲーッ
ゲハーッ
ゲホーッ
ハッハッハ ニラとニンニクを食《た》べてきたのだ！
うわっ くさい
ゲハーッ たすけて！
あっ ビール！
まだ すこし のこって いるっ
タラ
タラ
チュー
チュー
アーヒ
と出《で》なく なった ・・・・
ブラーン
はるか ひい〜
かえ どう

あっ だれか くる
おっ 昼間《ひるま》から のんじゃって けっこう だね！
おいひゃはん おいひゃはん
あ！
本日休診
あひたまで このままか……
アパート
あら 先生《せんせい》
さっき お友《とも》だちが きました よ
それで これを おいて いきま したよ
あっ ビーユ！
ビール

夏《なつ》だ！のめばサッパリサッパリビールでいこーっ
フヒ〜〜くやひい〜〜あひたまでおあずけか……
いやひいまねをひてそんひたよ〜〜
BEER
BEER
BEER
BEER

ネパールのビール

吉田直哉

よしだ・なおや
1931年東京生まれ。演出家、テレビディレクター。テレビ番組「明治百年」で芸術選奨文部大臣賞、「ポロロッカ・アマゾンの大逆流」で毎日芸術賞受賞。代表的な演出作に大河ドラマ『太閤記』『樅ノ木は残った』など。おもな著作に『脳内イメージと映像』『ぶ仕合せな目にあった話』など。2008年没。

四年も前のことだから、正確には「ちかごろ」ではないのだが、私にとってはきのうの出来事よりずっと鮮烈な話なのである。

昭和六十年の夏、私は撮影のためにヒマラヤの麓《ふもと》、ネパールのドラカという村に十日あまり滞在していた。海抜千五百メートルの斜面に家々が散在して、はりつくように広がっている村で、電気、水道、ガスといったいわゆる現代のライフ・ラインはいっさい来ていない。

四千五百の人口があるのに、自動車はもちろん、車輪のある装置で他の集落と往来できる道がないのだ。しかも、二本の足で歩くしかない凸凹の山道をいたるところで谷川のような急流が寸断している。そこにさしかかったら岩から岩へ、命がけで跳ばなければならないのだ。

手押し車も使えないから、村人たちは体力の限界まで荷を背負ってその一本の道を歩む。だから、茂みが動いているのかと驚いてよく見ると、下で小さな足が動いていたりするのだ。燃料にするトウモロコシの葉の山を、幼い子どもが運んで行くのである。

むかし日本でも、村の共有地である入会山《いりあいやま》で柴《しば》を刈るときは、馬車で持って帰ることなど、禁じられていた。自分の体で背負えるだけしか刈ってはいけない。自分が背負える分量だけ刈るのなら、お天道《てんとう》さまに許される、という思想があったのである。

時代はちがうが、車をころがせる道がないおかげで、ドラカ村の人びとは結果的に環境保護にもかなない、お天道さまにも許される生活をしているわけだ。しかし、むかしのことは知らず、いま村人たちは、自動車の通れる道路をふくむいっさいのライフ・ラインに恵まれていない自分たちの生活が、世界の水準より下だと熟知している。だから、旅行者の眼には桃源郷のように見える美しい風景のなかで、かなりつらい思いで暮らしているのだ。

とりわけ若者たち、子どもたちには、村を出て電気や自動車のある町へ行きたいという願望が強い。それも無理はないのであって、私たちにしても、車が使えないここでの撮影は毎瞬が重装備の登山なのだ。車でこられる最終地点から村までは、十五人ものポーターを雇って機材や食糧を運んだのだが、余分なものをいっさい割愛せざるを得なかった。

まっさきに諦《あきら》めたのがビールである。なにより、重い。アルコールとしてなら、ウイスキーのほうが効率的だ。それを六本、一人一本半ぶんずつ持てば、四人で十日間なんとかなるはずだ、という計算で諦めた。

しかし、ウイスキーとビールとでは、その役割がちがうのである。

大汗をかいて一日の撮影が終わったとき、眼の前に清冽《せいれつ》な小川が流れているので思わず言った。「ああ、これでビール冷やして飲んだら、うまいだろうなあ」と。

スタッフ全員で協議した末に諦めたビールのことを、いまさら言うのはルール違反である。しかし、私が口にしたその禁句を聞きとがめたのは、私の同僚ではなくて、村の少年チェトリ君であった。

「いま、この人は何と言ったのか」

と通訳にきき、意味がわかると眼を輝かして言った。

「ビールがほしいのなら、ぼくが買ってきてあげる」

「……どこへ行って？」

「チャリコット」

――チャリコットは、私たちが車を捨ててポーターを雇った峠の拠点である。トラックの来る最終地点なので、むろんビールはある。峠の茶屋の棚に何本かびんが並んでいるのを、来るときに眼の隅でみた。

でも、チャリコットまでは大人の脚でも一時間半はかかるのである。

「遠いじゃないか」

「だいじょぶ。まっ暗にならないうちに帰ってくる」

ものすごい勢いで請けあうので、サブザックとお金を渡して頼んだ。じゃ、大変だけど、できたら四本買ってきてくれ、と。

張りきってとび出して行ったチェトリ君は、八時ごろ五本のビールを背負って帰ってきた。私たちの拍手に迎えられて。

――次の日の昼すぎ、撮影現場の見物にやってきたチェトリ君が「きょうはビールは要らないのか」ときく。前夜のあの冷えたビールの味がよみがえる。

「要らないことはないけど、大変じゃないか」

「だいじょぶ。きょうは土曜でもう学校はないし、あしたは休みだし、イスタルをたくさん買ってきてあげる」

ＳＴＡＲというラベルのネパールのビールを、現地の人びとは「イスタル」と発音する。嬉しくなって、きのうより大きなザックと一ダースぶん以上ビールが買えるお金を渡した。チェトリ君は、きのう以上に張りきってとび出して行った。ところが夜になっても帰ってこないのである。夜なかちかくになっても音沙汰ない。

事故ではないだろうか、と村人に相談すると、「そんな大金をあずけたのなら、逃げたのだ」と口をそろえて言うのである。それだけの金があったら、親のところへ帰ってから首都のカトマンズへだって行ける。きっとそうしたのだ、と。

十五歳になるチェトリ君は、一つ山を越えたところにあるもっと小さな村からこの村へ来て、下宿して学校に通っている。土間の上にムシロ敷きのベッドを置いただけの、彼の下宿を撮影し話をきいたので、事情はよく知っているのだ。

その土間で朝晩チェトリは、ダミアとジラという香辛料をトウガラシと混ぜて石の間にはさんですり、野菜といっしょに煮て一種のカレーにしたものを、飯にかけて食べながらよく勉強している。暗い土間なので、昼も小さな石油ランプをつけてベッドの上に腹ばいになって勉強している。

そのチェトリが、帰ってこないのである。あくる日も帰ってこない。その翌日の月曜日になっても帰ってこない。学校へ行って先生に事情を説明し、謝り、対策を相談したら、先生までが「心配することはない。事故なんかじゃない。それだけの金を持ったのだから、逃げたのだろう」と言うのである。

――歯ぎしりするほど後悔した。ついうっかり日本の感覚で、ネパールの子どもにとっては信じられない大金を渡してしまった。そして、あんないい子の一生を狂わした。

でも、やはり事故ではなかろうかと思う。しかし、そうだったら、最悪なのである。

いても立ってもいられない気もちで過した三日目の深夜、宿舎の戸が烈《はげ》しくノックされた。すわ、最悪の凶報か、と戸をあけるとそこにチェトリが立っていたのである。

泥まみれでヨレヨレの格好であった。三本しかチャリコットにビールがなかったので、山を四つも越した別の峠まで行ったという。

合計十本買ったのだけど、ころんで三本割ってしまった、とべそをかきながらその破片をぜんぶ出してみせ、そして釣銭を出した。

彼の肩を抱いて、私は泣いた。ちかごろあんなに泣いたことはない。

そしてあんなに深く、いろいろ反省したこともない。

私の酒歴書 スプーン一杯のビール ● 立松和平

たてまつ・わへい
1947年栃木生まれ。小説家、エッセイスト。『遠雷』で野間文芸新人賞、『毒　風聞・田中正造』で毎日出版文化賞、『道元禅師』で泉鏡花文学賞受賞。その他おもな著作に『卵洗い』『浅間』など。2010年没。

私が子供の頃、父は毎晩晩酌をしていた。父の飲むものと食べるものは決まっていた。

家族が食べる夕食のほかに、父のために湯豆腐が用意してあった。電熱器に水を汲んだ鍋をかけ、底に昆布を敷き、豆腐と白菜とをいれた。時々そこに豚肉などもはいったが、それだけのものだ。

父は家族が食事をするのを見ながら、自分だけの鍋を突つき、焼酎を小さなガラスのグラスについで飲んだ。

子供の私は、もちろんうらやましいとも思わなかった。一日働いてきた大人が晩酌をするのは、当然だと思っていたのである。母も商店をやっていて、一日働いた上に家族の食事の支度までするのだから、晩酌する権利がある。しかし、時代のせいなのか、母はほとんど飲まなかったようである。

本当のことをいうと、私は豚肉のはいった父の湯豆腐がうらやましかった。私がじっと見ていると、透明になった脂身のついた豚肉を箸の先につまんで父は私の飯茶碗にほうり込んでくれた。

時代をへるにしたがい、焼酎が日本酒に変わってきた。今の時代と違い、焼酎は安い酒の代名詞だった。日本酒は徳利《とっくり》にいれ、鍋の中に立てて燗をした。これをまた父は手酌でちびりちびりやっていた。物珍しそうな顔をする私の鼻先に、猪口《ちょこ》を近づけて香りをかがしてくれたりした。

やがてビールを飲むようになる。バケツの水の中に冷やしたビールを私は持ってくるようにと母にいわれ、台所にいく。水につかった茶色いビール瓶は、途中から折れ曲がっているようにも見えた。私は恐る恐るビール瓶をつかみ、水の中から引き上げたものだ。

ビールは高いので、一気に飲むようなことはしない。コップについだビールの、まず泡をなめる。それから少しずつビールを啜《すす》る。父はこの世の幸福を感じているようであった。見ていて、とてもうらやましかったものである。

父は私にスプーンを持ってくるようにという。持っていった私のスプーンを空中に水平に持っているようにといい、ビール瓶の口を近づけ、そろそろとつぐ。重量がわずかにかかる。このスプーンのビールを味わってみなさいと、父は私にいうのであった。

小学校の中学年の頃、おそらくこれが私が最初に飲んだ酒だ。苦いばかりで、少しもうまいとは感じない。大人はよくこんなものを飲んでいるなと、あきれたりした。

口をほんの少しつけては顔をしかめる私を父は楽しそうに見ていた。

スプーンでビールを飲まされた頃から、正月の屠蘇《とそ》が許されたのだと思う。もちろん猪口の半分ぐらいしかついでくれなかったのだが、においが強くて、子供には薬よりも飲みにくいものであった。大人は変わっているなと思った。こんなものを飲まねばならないのなら、大人にはなりたくなかった。

ストリップとビヤホール ● 石堂淑朗

いしどう・としろう
1932年広島生まれ。脚本家、評論家。代表作に映画『太陽の墓場』『無常』、テレビ番組『マグマ大使』、『帰ってきたウルトラマン』などのウルトラシリーズ、『必殺仕掛人』など。おもな著作に『偏屈老人の銀幕茫々』など。2011年没。

広島県尾道市から越境入学して岡山県岡山市の高校生であった私は一年の夏休み生れて初めて上京した。神田にある戦前から有名な某予備校の夏期講習を受講するためだった。東京の高校生あるいは浪人達の実力の程が知りたい、というのはまあ口実に近くとにかく東京が見たかったわけである。同郷の先輩であり、当時少壮気鋭の政治学者であった藤原弘達氏が東京駅までわざわざ少年を迎えに来てくれていたが、東京駅から渋谷駅に出、そこから玉川線に乗って真中《まなか》に向う途中に拡がる盛夏の沿線風景を眺めながら昂奮のあまり足が電車の床につかぬ思いをしたことはつい昨日のことのように鮮明である。

止宿先はその藤原氏の新婚早々の仮住居であったが、一日、氏は私を浅草に連れていった。ストリップを見せてくれようというのである。マジメとフマジメの境界線をうろついている高校生は、ストリップに連れていくならいっそうもうひとつフンパツしてそのナニですなあ、赤い線の引いてあるトコロへ、と口まで出かかったが、なに、初めてのストリップ見物はそれはそれなりにもう大変に刺戟的で、外に出てからも歩行困難のジョウタイであるには実に困った。今も昔もがらっ八である藤原氏はそんな私の胯間をじろりと眺め、大丈夫じゃ、それ丈《だけ》立っておれば浪人せずに大学合格百パーセント、わはははと、六区の大通りで高笑いするのであった。そして今度は私をビヤホールに連れていくのであった。すでにして私は六尺の大男であったから何処《どこ》から見てもまあ高校生ではない。田舎と違って誰かに見咎《みとが》められる気遣いもない、呑め、一気に呑めと気合いを入れられ私はジョッキをたちまち空にしてしまったが、昭和二十三年のことである。冷房も何もないストリップ小舎からゆでだこになって出てきた十六歳ののどには、生ビールはそれはそれは美味であったことだ。この時の味は、中学一年生の時に初めて知ったエジャキュレイションの新鮮な味わいと双璧であると折に触れては思い出し、思い出しては、ふたつながらにうまくもなければよくもなくなってしまったわが頽齢《たいれい》を嘆くのである。

さてこの時、苦味が少い生ビールとはいえ初めて呑むにしちゃ呑みっぷりがよすぎるなあと藤原氏は案じ顔であったが、なに夫子自身大酒豪で、終戦直後、当時まで尾道においでであった美学者の故中井正一氏とわが家の二階で大酒のみ、議論の果ては取組みあい、二人もつれて階段から落ちた事もあったのだから、いくら案じられてもそりゃ聞えませぬ、なのであった。

大学に入り寮での新入生歓迎パーティーの席で、今のと違って粗悪なアルコールに過ぎなかったショウチュウをぺろり一升近く呑んで私は顔色を変えなかった。大変なカマトトが入ってきたと上級生達に評判悪かったとあとで聞いたが、酒呑みの才能だけはこれはやはり大したものであったと自画自賛したい。

この才能は明らかに例の隔世遺伝というヤツに相違ない。弁護士であったが二度ばかり泥酔して法廷に入り、裁判官に追い出されたことがあったと聞く、私がこの世に来るのと入れ違いにあの世に行ってしまった母方の祖父は、私と人相から歩き方までそっくりなのであるという。この祖父はケンカの名人でもあり、書生時代に土方三人を相手に大立回りを演じて勝ったそうだが、文弱の私はその方面は全く駄目で、野坂昭如さんや黒田征太郎さんが酔えば必ず始める立回りを巨体を利して抑え込むだけである。

ビール会社征伐

夢野久作

ゆめの・きゅうさく
1889年福岡生まれ。慶應義塾大学中退。陸軍少尉、禅僧、九州日報社の新聞記者などを経て、37歳で探偵小説作家としてデビュー。怪奇幻想小説界の奇才と讃えられる。おもな著作に『ドグラ・マグラ』『少女地獄』など。1936年没。

毎度、酒のお話で申訳ないが、今思い出しても腹の皮がピクピクして来る左党の傑作として記録して置く必要があると思う。
九州福岡の民政系新聞、九州日報社が政友会万能時代で経営難に陥っていた或る夏の最中の話……玄洋社張りの酒豪や仙骨がズラリと揃っている同社の編集部員一同、月給がキチンキチンと貰えないので酒が飲めない。皆、仕事をする元気もなく机の周囲《まわり》に青褪めた豪傑面を陳列して、アフリアフリと死にかかった川魚みたいな欠伸をリレーしいしい涙ぐんでいる光景は、さながらに飢饉年の村会をそのままである。どうかして存分に美味《うま》い酒を飲む知恵はないかと言うので、出る話はその事バッカリ。そのうちに窮すれば通ずるとでも言うものか、一等呑助の警察廻り君が名案を出した。

今でも福岡に支社を持っている××麦酒《ビール》会社は当時、九州でも一流の庭球の大選手を網羅していた。九州の実業庭球界でも××麦酒の向う処一敵なしと言う位で、同支社の横に千円ばかり掛けた堂々たる庭球コートを二つ持っていた。

「あの××麦酒に一つ庭球試合を申込んで遣ろうじゃないか」

と言うと、皆総立ちになって賛成した。

「果して御馳走に麦酒が出るか出ないか」

と遅疑する者もいたが、

「出なくともモトモトじゃないか」

と言うので一切の異議を一蹴して、直ぐに電話で相手にチャレンジすると、

「ちょうど選手も揃っております。いつでも宜しい」

と言う色よい返事である。

「それでは明日が日曜で夕刊がありませんから午前中にお願いしましょう。午後は仕事がありますから……五組で五回ゲーム。午前九時から……結構です。どうぞよろしく……」

という話が決定《きま》った。麦酒会社でも抜け目はない、新聞社と試合をすれば新聞に記事が出る……広告になると思ったものらしいが、それにしてもこっちの実力がわからないので作戦を立てるのに困ったと言う。

困った筈である。実はこっちでもヒドイ選手難に陥っていた。モトモトテニスらしいものが出来るのは、正直のところ一滴も酒の飲めない筆者の一組だけで、ほかは皆、支那の兵隊と一般、テニスなんてロクに見た事もない連中が吾も吾もと咽喉《のど》を鳴らして参加するのだから、鬼神壮烈に泣くと言おうか何と言おうか。主将たる筆者が弱り上げ奉ったこと一通りでない。

「オイ。主将。貴様は一滴も飲めないのだから選手たる資格はない。俺が大将になって遣るから貴様は退《の》け。負けたら俺が柔道四段の腕前で相手をタタキ付けて遣るから。なあ」

と言うようなギャング張りが出て来たりして、主将のアタマがすっかり混乱してしまった。仕方なしにそいつを選手外のマネージャー格に仮装して同行を許すような始末……それから原稿紙にテニス・コートの図を描いて一同に勝敗の理屈を説明し始めたが、真剣に聞く奴は一人もいない。

「やってみたら、わかるだろう」

とか何とか言ってドンドン帰ってしまったのには呆れた。意気既に敵を呑んでいるらしかった。

翌《あく》る朝の日曜は青々と晴れたステキな庭球日和であった。方々から借り集めたボロラケットの五、六本を束にした奴を筆者が自身に担いで門を出た時には、お負けなしのところ四条畷《なわて》に向った楠正行《まさつら》の気持がわかった。それから麦酒会社のコートに来てみると、新しくニガリを打って眩い白線がクッキリと引き廻して在る。その周囲を重役以下男女社員が犇々《ひしひし》と取り囲んで、敵選手の練習を見ている処へ乗り込んだ時には、何かなしに全身を冷汗が流れた。早速の機転で、時間がないからと言って、こっちの選手の練習を謝絶した。

作戦として筆者の主将組が劈頭《へきとう》に出た。せめて一組でも倒して置きたい。アワよくば優退を残せるかも知れないと言う、自惚《うぬぼれ》まじりの情ない了簡であったが、見事にアテが外れて、向うも主将の結城、本田というナンバー・ワン組が出て来たのには縮み上った。それだけで手も足も出ないまま三―〇のストレートで敗退した。後のミットモナサ……。あんなにもビールが飲みたかったのかと思うと眼頭が熱くなるくらいである。

先方は揃いの新しいユニフォームをチャンと着ているのに、こちらはワイシャツにセイラ・パンツ、古足袋、汗じみた冬中折れという街頭のアイスクリーム屋式が一番上等で、靴のままコートに上って叱られるもの。派手なメリンスの襦袢に赤い猿又一つ。西洋手拭の頬冠りというチンドン屋式。中には上半身裸体で屑屋みたいな継ぎハギの襤褸《ぼろ》股引を突込んだ向う鉢巻で「サア来い」と躍り出るので、審判に雇われた大学生が腹を抱えて高い腰掛から降りて来るようなこと。むろんラケットの持ち方なんぞ知っていよう筈がない。サーブからして見送りのストライクばかりで、タマタマ当ったと思うと鉄網越しのホームラン……それでも本人は勝ったのか敗けたのか解らないまま、いつまでもコートの上でキョロキョロしている。悠々とゴム毬《まり》を拾ったり何かしているので、相手がコートに匍《は》い付いて笑っているが、それでもまだわからない。

「ナアーンダイ。敗けたのか」

と頰を膨らましてスゴスゴ引き退るトタンに大爆笑と大拍手が敵味方から一時に湧き返るという、空前絶後の不可思議な盛況裡に、無事に予定の退却となった。

それから予定の通りにコート外の草原の天幕《テント》張りの中でビールと抓《つま》み肴が出た。小使が二人で五十ガロン入の樽を抱えて来た時には選手一同、思わず嬉しそうな顔を見合わせた。同時に主将たる筆者は胸がドキドキとした。インチキが暴露《ばれ》たまま成功したのだから……。

「ええ。樽にすると小さく見えますがね。この樽一つ在れば五十人から百人ぐらいの宴会ならイツモ余りますので……どうぞ御遠慮なくお上り下さい」

と言う重役連の挨拶であったが、サテ、コップが配られると、さあ飲むわ飲むわ。筆者を除いた九名の選手と仮装マネージャーが、文字通りに長鯨の百川を吸うが如くである。

「ちょっと、コップでは面倒臭いですから、そのジョッキで……」

と言うなり七合入のジョッキで立て続けに息も吐《つ》かせない。

「お見事ですなあ。もう一つ……」

と重役の一人が味方の仮装マネージャーを浴びせ倒しに掛かっていたが、ナカナカ腰が砕けない模様である。そのうちに樽の中が泡ばかりになりかけて来ると、重役連中が一人逃げ二人逃げ、しまいには相手の選手までいなくなって、カンカン日の照る草原に天幕と空樽と、コップの林と、入れ代り立ち代り小便をする味方の選手ばかりになってしまった。中にも仮装マネージャーを先頭にラケットを両手に持った三人が、靴穿きのままコートに上って、

「勝った方がええ。勝った方がええ」

とダンスを踊っている。何が勝ったんだかわからない。苦々しい奴だと思っている筆者を皆して引っぱって、重役室に挨拶に行った。仕方なしに筆者が頭を下げて、

「どうも今日は御馳走様になりまして」

と言って切り上げようとすると、背後から酔眼朦朧たる仮装マネージャーが前に出て来て、わざとらしい舌なめずりをして見せた。銅羅声を張り上げた。

「ええ。午後の仕事がありませんと、もっとユックリ頂戴したかったのですが、残念です」

と止刺刀《とどめ》を刺した。

しかし往来に出るとさすがに一同、帽子を投げ上げラケットを振り廻して感激した。

「××麦酒会社万歳……九州日報万歳……」

「ボールは子供の土産に貰って行きまアス」

翌日の新聞に記事が出たかどうか記憶しない。

ニガし ● 伊藤比呂美

いとう・ひろみ
1955年東京生まれ。詩人、小説家。『良いおっぱい 悪いおっぱい』等、育児エッセイ分野でも活躍。著書に『女の一生』『閉経記』『父の生きる』『新訳 説経節』『切腹考』『いつか死ぬ、それまで生きる わたしのお経』『伊藤ふきげん製作所 思春期をサバイバルする』など。

あたしは元来、酒は飲まなかった。若い頃から詩人だったから、飲み屋にはずいぶん行った。いや、自分から行ったんじゃない。同業の詩人たちに連れて行かれたのだ。今思い出してもこりごりする、ああいう日本の酒飲みの文化は。七〇年代のことだ。飲み屋の中は煙で向こうが見えなかった。みんな酔うために飲んで、飲んだら吐いた。吐いて乱れた。若かったあたしも、乱れて懲りた。

二十数年前にカリフォルニアに来てみたら、下戸《げこ》の遺伝子を持ってる人は少なく（日本人にはとても多いそうだ）、ずっと年上の夫の友人たちはみんな熟年や老年で、飲み方も落ち着き、酒量もわきまえ、飲まない人には勧めない。楽しそうに、おいしそうに飲むのである。それであたしも飲むようになった。今じゃ毎晩飲んでいる。そして、やがてビールに出会った。

あたしのビール体験は、第一期、第二期、第三期に分かれる。

まず第一期。ビールに目覚めた時期である。イギリスのペールエールというものを初めて飲んだ。サミュエル・スミスだった。

あたしは驚いた。これがビールなら、今まで飲んでいたあれはなんだったのか。ローストチキンもチョコレートムースもマッシュポテトもきゅうりのサラダも、何もかも包み込んだような滋養のある苦みであり、滋養のある黄金色であった。

ハマるとつっ走るあたしである。ビールの本を読み、酒屋に日参していろんなビールを買い込んでき、味わった。ああ、あの頃は、知らないことを知っていく喜びでいっぱいだった。飲んで飲んで飲みまくり、ビール道を究め、そのうちビールの本も書いたろとさえ思っていた。

ただ悲しいかな、あたしは量が飲めない。一パイントが上限である。つまり中びん一本くらい。その上、どのビールを飲んでも、ただウマいと思うだけなので、批評にならない。なにしろイギリスのビールもドイツのビールもチェコのビールもベルギーのビールもウマい。ラガーもエールもピルズナーもペールエールも、どれもウマい。上面発酵も下面発酵も、大麦ビールも小麦ビールも果物入りビールも、みんなウマい。ただ一つ、アメリカの地ビールが苦手だった。

なんだかやたらに苦いのである。思わず顔をしかめて、息を止めて飲みこまないといけないくらい苦い。我慢比べでもしてるように苦い。ほんとはビールじゃなくて液体正露丸《せいろがん》でした、とでもいうように苦い。そしてアメリカのブリュワリーは、どんどん苦いのを開発する。

この苦さは、ある意味、ものすごくアメリカっぽいとあたしは思う。極端から極端につっ走るのだ。タバコがダメとなれば、社会をあげて禁煙する。肉食がダメとなれば、健康志向の菜食主義に走る。そのくせジャンクフードはこんなにあってあんなにジャンクだ。そして今はビールを苦くすることに走っている。どこへ行くのか、何を追い求めているのか、バランスのとれた中道というものを知らないのかと、アメリカの苦いビールを飲むたびに、苦さに顔をしかめながら考えていたのである。
ところがだ。あたしの住むサンディエゴは、なんとビールでちょー有名だった。
これに気づいて第二期に突入する。

やっぱりニガし

伊藤比呂美

サンディエゴはビールで町興《まちおこ》ししてるのかもしれない。

なにしろ雨後のタケノコの勢いで、ブリュワリーやテイスティング・バーが出現している。ちょいと歩けばビール通の男（女もいるけど、男が多い。どうも男の文化らしい）に出会う。サンディエゴで男の恰好をしている土地の者がいたら、老若を問わずビール通だと思っていい。えーと、上面発酵ってなんでしたっけと彼らに話しかければ、こっちの英語力なんかおかまいなしにたっぷりと語ってくれる。

サンディエゴの郊外に車を走らせると、あちこちに急ごしらえの簡易オフィス群がある。兵舎の列みたいな、殺風景な建物が並ぶ。新しいブリュワリーやテイスティング・バーはたいていそういうところの一角にある。ビールはあるが、食べ物は出ない。それで脇に小さなトラックが停《と》まって食べ物を出す。揚げ物やメキシコ風のつまみ、ピッツァ、ソーセージ、そういうものだ。

大きいブリュワリーには観光客が押し寄せる。そういうところはレストランも充実している。工場見学もあるし、おみやげ屋もある。びんや缶のビールはもちろん、ビールの手作りセットも、San Diegoと書いてあるTシャツも買える。

うちの夫はビールを飲まなかった。ロンドン出身なのに、もったいない話だと思っていた。でも彼はあたしのビール好きを知ってたから、食事が出るようなビールの店に、ときどきいっしょに行ってくれた。ところがそういう店は、客が長居して食べて飲むから、みんな酔っぱらっていて、おそろしくやかましい。ものの数分で声が嗄《か》れる。夫は耳の遠い老人だったから、まったく会話が成り立たなかった。同じテーブルにすわっていても、夫はあぶったイカかなんか前にして（してないが）、遠くに舟唄かなんかを聞きながら（聞こえてないが）、遠い目をして、好きでもないビールを黙々と飲んでいた。つまりちっとも楽しくなかったのだ。

その夫が死んだことについては、すでに書いたのでもういい。老い果てていたのでしかたがない。ただ、その後、あたしの食生活はほんとに変わった。そしてビール生活がいきなり花開いた。

今は近所の友人たちに誘われて、ほいほいと、近所のテイスティング・バーに行って、試飲用グラスで三つ四つ飲んで帰ってくる。夫のことも、食事作りも気にしなくていい。しかも、いっしょに行く近所の友人は日本人だ。夫の生きていたときから親しくしていたが、以前は夫がいたから、疎外感を与えまいと、いつも会話は英語だった。夫がいなくなった今、あたしは英語から解き放たれ、友人たちと自由自在に日本語をしゃべれる。どんなに店内がやかましくても、日本語なら聴き取れる。ひそひそ声で話もできる。日本人の友人、日本語の会話という楽しみも相まって、あたしのビール第二期はすっかり爛熟《らんじゅく》した。

それからさらに第三期があるとは思ってもみなかったが、あったのだ。つい最近、去年の秋のことだ。あたしはビールの苦みに覚醒したのである。

夏の終わりに収穫した新ホップ。秋にはそれを使って、各ブリュワリーが、特別に爽やかで特別に苦いビールを作る。限定販売だったり、特別に高かったりする。そんなビールをたまたま酒屋で見かけ、何の気なしに買って飲んだ。そして驚いた。あまりにウマかった。最初にあのサミュエル・スミスを飲んで驚いたときのようだった。

今は、ビールは苦ければ苦い方がいいと思っている。苦みという新しいドアをコジ開けた感じだ。目の前に、見渡すかぎり、苦みの畑がひろがって、緑のホップがたわわに生《な》っているのである。


〈そしてナツカシ〉

二〇一八年に日本に帰ってきて、まず、なによりも懐かしかった《ミスした》のが苦いビールだった。苦い、苦々しい、苦り切った、苦汁や苦虫をなめるような、あのビールだった。苦心して同じように苦い国産のクラフトビールを探し出し、製造元から月ぎめで送られてくる頒布会みたいなのに入り、毎月、ウマしナツカしと飲んでいたが、そのうち月十二缶が飲みきれなくなってやめてしまった。一緒に飲む友人がいなかったし、カリフォルニアのビール屋で食べるピッツァもなかった。一人で、えびせんか何かで飲む苦いビールは、ただ苦いばかりだった。

酒徒交伝（抄）

● 永井龍男

ながい・たつお
1904年東京生まれ。小説家、随筆家。文芸誌の編集長を歴任したのち、執筆業に。『一個 その他』で野間文芸賞、『コチャバンバ行き』で読売文学賞、「秋」で川端康成文学賞受賞。その他おもな著作に『朝霧』『わが切抜帖より』など。1990年没。

先夜文春クラブで、久し振りに石黒敬七さんに逢った。

文春クラブは、銀座文藝春秋新社の地下室にあって、われわれ会員が入れ代わり立ち代わり出入りするが、石黒さんはビールとオウドウブルを前に、相変わらずはち切れそうな健康美で、例の上唇と下唇を多少とがらせるような表情になると、

「あなたのね、そら、いつかの随筆の中にね、鉄瓶の水を呑む話……」

と、優しい声だが、ねばり強い独特の口調で、大分前に書いた私の雑文のことを、ポツンと云い出した。「鉄瓶の水を呑む話」というのは、夜半の眼醒めにゴクゴクと咽喉を潤す酔余の水のことで、それも、鉄瓶の口から直かに、厳冬の寝床の中で呑むのが最もうまいと、私の経験を記したことがある。

今年の冬は意外な暖かさだったが、それでも、鉄瓶の水のうまい晩はあった。コンクリート建てに、スチームの通ったホテルなどは別のこと、われわれの寝室では枕屏風でも用意しなければ肩の寒い思いをする夜が多いが、そんな深夜の鉄瓶の水は、なにものにも換えがたい美味である。

酔いの残った口から腹へ、一息ごとにしみ渡る水は、なんとも云えぬコクがあり、あまさがある。一気にむさぼるのは惜しく、出来るだけゆっくり、鉄瓶の口を吸う。あまりな冷たさというものは、一瞬熱さと同様な感触を伝えるが、その時の鉄瓶の口がそれで、唇のうすい皮が火傷をするような感じだ。しかし、一息ごとに吸い込む水の味は如何なる美酒も及ばぬ深い味を持っている。

ああ、これを味わうために、今日も杯を重ねたことだと、幾度び闇の中で悦び、陶酔したことであろうか。

ひょっとすると、養老の滝の物語なぞも、こんな寝床の中で、古人が空想した産物かも知れぬと思ったこともある。コップへ注いで呑んでは、この味はないし、薬《や》罐《かん》類では水は全く冴えを失う。フラスコなぞは愚の骨頂である。

二十数年間の習慣で、私の小鉄瓶はすっかり形を変えてしまった。まず蓋のとっ手を損じ、つるは折れて針金で繕ってある。家人が厨で取り落としたりする度びに、少しずつ姿をそこねたのが主な原因だが、その代わり口だけは、もう鋳物の色ではない。例えば仏像にある艶とか黒さを生じて、洗っても消えないまでに、私に馴染んだ。

だが、梅の咲く頃から、水のコクは落ちはじめて、一夜ごとにあまみはなくなる。作りごとのようだが、毎年私は、春が来たなと、その時悟る。来年まで待たなければ、もうあの甘露には接しられないのである。

と云ったような、酒呑みにでなければ通じない私の雑文を、石黒さんは覚えていて、挨拶代わりに口にされたのだが、なおつけ足して、「あれをやるとうまいが、あんな冷たい水を腹に入れると、胃癌になりそうでね」

とも、感想を洩らされた。

私は私で、依頼された酒交録の書出しをこんな処から始めるかなと、その時思いついた。石黒さんの「い」は、酒交簿から云っても、都合がよさそうであった。石黒さんは、敬さんとか石黒旦那で通っている。もう十数年前、敬さんは文藝春秋の嘱託ということになっていたから、当時は毎日のように社で顔を合わせたが、いったいどういう役目の嘱託だったのか、いまもってハッキリしない。

私は、当時から日本酒が主だったので、大のビール党である敬さんとは、仲間で痛飲するというような機会は、殆んど持たなかったが、春秋に行なわれる社内旅行や、忘年会なぞでは何度もその堪能振りを見ている。

ビールの好きなことでは、私は人後に落ちない。殊にその日最初のコップ一杯の味は、他のどんな酒よりもうまいと信じている。そして、春や夏よりも、味としては冬の方がうまいとも信じているが、体質のせいか、二、三杯先きは飽きがくるし、量が荷厄介になる。

その点で、小瓶というのを、私は愛好する。なかなか粋な分量である。

それと、この頃は夏場の冷やし方が気に入らない。ビールは冷たくさえあればよいという風に、どこの店でも氷水のようにして出す。電気冷蔵庫普及の影響かも知れないが、大変滑稽だと思っている。酒の燗に就いては、われわれ日本酒党は、かなり気難かしいが、ビール通なぞと云われる人々は、ビールの馬鹿げた冷たさに対して、案外寛大なのであろうか。

生温いビールなぞは呑めたものではないが、冷え過ぎたものも味は零だ。敬さんのように、胃癌を心配するとなれば、あの方が余程体にこたえそうである。

ビールといえば、昨年の文藝春秋新社の忘年会で、これも錚々たるビール党の桔梗利一君が、昨夜火野葦平さんに教わったと云って、栓抜きなしで王冠を外す術を、あくる朝の朝食の時みんなの前で実演してみせてくれた。二本の瓶の口を、片手の掌の中で擦り合わすような仕草をすると、片方の王冠が訳なく取れて、手品を見ているような鮮やかな手並みだった。

感心した一座の連中が、もう一本、もう一本俺にもやらせろと手を出したが、いまになって考えると、桔梗君の手並みを利用して、二日酔いの良薬をねらった者が、相当まじっていたような気がする。

その時私は、かつてあるビール会社の宣伝部から、

「栓抜きが手もとにない場合、あなたはどうしてビールをお抜きになりますか？」

という、アンケートを受けたことがあるのを思い出した。

「愚問です。お答出来ません。

栓抜きは捨てる程あるが、かんじんのビールがない場合どうしたものか？　そういう質問にならば、名答を差上げましょう」

私はそんな返信を出したが、栓抜きなしでビールを抜いて見せるなぞという人が出て来たら、大いに感心した顔で、何本でも抜かせる方が、一層気が利いている訳である。

さて石黒敬七さんだが、あのがっしりした体だし、ビールは確かに強い。ジョッキ片手に、いつも上機嫌で、望まれれば艶歌師の真似をする他に、大きな声一つ立てたことがないばかりか、ビヤホールなぞの客が、その辺で派手に喧嘩口論を始めても、素知らぬ顔で呑んでいる。（この点、井上靖君の落着きがそっくりである）敬さんの奥床しさは、もう一つ、長期間暮したフランスやパリの話を人前でひけらかさないことだった。

敬さんはその頃、夕方文藝春秋の編集室へ来る時、たいてい風呂敷包みか新聞紙にくるんだ物を持っていた。人間というものは、不思議な道楽のあるもので、敬さんはその頃から古道具に凝っていた。

筋の通った骨董とか古道具というものは、桐の箱に入れて、真田紐で十文字に結んであるものだと、私は思い込んでいるが、敬さんが編集室へ持ちこむ品に、そんなのは一つもなかった。ネジが一本足りないとか、ガラスが割れているとかの奇妙な古道具ばかりで、例えば、

「え。これはね、平賀源内が、そう、あの人がね、使っていたライターでね、ここの処をちょっと直すと、ちゃんと火がつきます。ええ、あの人は、ハイカラな人でね」

と、優しい声でゆるりと説明する。

いくら源内が進歩的でも、当時ライターは使わなかったと思うが、敬さんは編集部の批評に対しても一向無頓着だった。

大きな声一つ立てたことがないということ、変な古道具ばかり集めること。この二つから、実は私は、ついこの間までひどい誤解をしていた。

「ビールは確かに強いが、石黒八段の、八段の方は大したことはないんだな」と。

処で昨秋、文藝春秋の講演旅行で、北九州の田川市という炭坑地へ行くと、そこ

の市長は、昔朝日新聞の編集局長をしていた香月保氏だった。

香月氏は、古い文藝春秋の寄稿家で、同時に銀座界隈に名の売れた、往年の呑み手でもあったので、講演会の後の席ではいろいろ昔話が出たが、かっぷくのよい香月市長が、

「石黒君は、相変わらず元気ですか」

と、訊いた。

「僕が中学から（修猷館《しゅうゆうかん》中学と云われたように思う）一高へ行った時、石黒君も早稲田へ入ったばかりで、向こうが三段、こっちは二段だった筈だが、石黒君は強かった。例の空気投げという独特の業を持っていて、相手の力を利用して、苦もなく大きな相手を投げた。

こっちの中学では、僕も多少鳴らしたんだが、講道館で石黒君と顔が合うと、どうしてもかなわない。井の中の蛙だと思って、発奮したもんですが、当時の石黒君と云ったら、実際凄い強さでしたよ」

柔道の「ジュの字も知らない」私は、びっくりしてこの話を聞いた。

ビールの話　らものらっぱ呑み　●　中島らも

なかじま・らも
1952年兵庫生まれ。印刷会社勤務、コピーライターをへて、作家に。小説、エッセイ、戯曲、コント、落語など、幅広い分野の作品を多数発表。朝日新聞連載の「明るい悩み相談室」でも注目される。おもな著作に『今夜、すべてのバーで』『ガダラの豚』など。2004年没。

最近少しずつビールが好きになってきた。がむしゃらに好きとかそういうことではなくて、本当に少しずつ好きになりつつあるのだ。まあ例えていえば一部屋に市原悦子と閉じ込められている。最初はキャーキャー言うので困るのだが、やがて少しずつ好きになっていく、そんな感じだ。

若い頃はビールは飲まなかった。というよりは、高くて飲めなかったのである。

それで安い日本酒ばかり飲んでいた。飲み始めた頃はビールが三百五十円くらいで、酒は百二十円だった。だからビール一本飲むよりは、それで三合分の酒を飲むほうが良かったのである。

四方が大きくへこんだお銚子《ちょうし》では、六勺《しゃく》くらいしか入っていないが、それでも三本も飲めば、いささかほんのりとしてくる。七味唐辛子をつまみにしたり、飲んだ後ランニングしたり、我々フーテン一同は酔っぱらうためにありとあらゆる努力をした。だからビールを飲むなんてことは「罪」だったのである。そしておれはビールに対して憎悪のようなものを抱いていた。

「とりあえずビール」

ということを飲み会の頭でよく言うが、あれも大嫌いだった。社会に出ても日本酒党を貫き通したので、まわりからは「酒飲み」「大酒飲み」「底なし沼」などとのありがたい呼び名を頂いたが、若い頃の習性というのはなかなか変わらない、変えられないものである。たまに肉体的にしんどい仕事を終えた後に飲む一杯のビールは、苦みの底に不思議な甘みをたたえていて、そういうときには、

「お。うまい」

と思うときがある。しかしそれも最初の一口までであって、心はすでに日本酒のコップ酒が届くのを待ちわびている。それがどうしたことだろう。昨年の夏あたりから少しずつビールに対して心を許すようになってきた。まだまだ量は少ないが中ジョッキ一杯くらいは飲めるようになった。こんなことを言うと故・アンドレ・ザ・ジャイアントに笑われそうな気もする。

アンドレは移動バスの中で缶ビールを百四十四本飲み、その後ワインを四ガロン（普通の瓶の三十本くらい）飲み、その後で五分間小便をしたという。飯はそれほど喰《く》わなかったようだ。

おれは思うのだが、肥満児童というものがいて、彼等は一日中コーラばかり飲んでいる、ビール党も同じことなのではないだろうか。あの舌にきついシュワシュワッとした感じがたまらないのだろう。

おれは今まさにそのシュワシュワッの王国へたぐり寄せられようとしている。そういえば最近下腹が出てきた。小説家だからお腹出てよろしいのよと言ってくれる女性は一人もいない。

そしてまた今夜もやけビールを流し込む。

ビールを、もっとビールを

矢口純

やぐち・じゅん
1921年東京生まれ。編集者、エッセイスト。1948年婦人画報社に入社。1961年「婦人画報」編集長。おもな著書に『私の洋酒ノート』『酒を愛する男の酒』など。2005年没。

私は新聞を読まないと、どうにも落着かない。新聞休刊日などは侘しすぎる。若い人に聞くと、新聞はそれほどでもないが、週刊誌がなくてはという。その週刊誌にもいろいろな向き、、がある。ヤング向き、女性向き、そして少年何々と唱えながら物凄い漫画が載ったりしている。電車の中や喫茶店で劇画ばかりの少年週刊誌を少年ではない大人が喜んで熟読しているとは、夢にも思わなかった。

かつて池島信平さんが「週刊誌で見たけど」という言葉を非常に嘆かれていたことがある。池島さんの嘆きは『週刊文春』とか、『週刊新潮』という特定の誌名が出てこないで、ただ「週刊誌」という表現にある。それを読んだのではなく見たというところにある。

つまり週刊誌は私たち日本人の生活に欠くことのできないものになったかわりに、大袈裟に言えばやや嗜好品の趣を呈してきたようである。特にこれから電車に乗るとか、旅をするとかいう時、駅の売店で買う感じは、タバコを求めるあの感じと似ているようだ。

今日の週刊誌の評価が如何《ど》うあろうと、日本の週刊誌時代の基礎を作ったのは、扇谷正造さんではなかろうか。ともかく扇谷さんの『週刊朝日』はすばらしかった。そして面白かった。私のような編集者には、一週間の区切りをつけるテキストでもあった。生活の単位でもあった。

扇谷さんは国立《くにたち》に住んでおられる。その国立に私も住むことになった。斯界の大先輩の住む町にうつり住むにあたって、私は挨拶に伺った。扇谷さんの住む場所は国立といっても国立駅の北側で、駅のすぐ近くではあるが、行政区画では国分寺で、それも平兵衛新田というところであった。おそらく平兵衛さんが開拓した土地なのだろう。緑の多い、閑静な住宅地であった。

私が扇谷さんのお宅に挨拶に伺うのには、もう一つの理由があった。それは扇谷夫人が戦前、その頃は珍しい婦人記者をしておられて、それも、私の編集する雑誌の記者だったのである。つまり夫人もまた私の先輩なのである。

私が編集長になった時も、扇谷さんのお宅に伺った。扇谷さんは編集長のあり方を懇切丁寧に話してくださった。

例えば、編集者は読者より一歩も二歩も前を知っていなければならない。否、もっと前も見通さなければならない。また実際に前を歩くことも必要だ。しかし雑誌の編集にあたっては、読者の半歩前を編集すべきである。一歩前では前すぎる。また一冊の雑誌で五百人の新しい読者を獲得すべきだ。欲張ってはならない。色気を出し過ぎるといけない。しかし五百人以下でもいけない。

そしてタイトルのつけ方も、その内容と同じくらい大きな意味があるという話もおもしろかった。扇谷さんの説によると、HOW・TOものを始めとして、タイトルはすべて七・五・三の縁起をかつぐべしというのである。つまり「日本の民主化を阻む三つの理由」「あなたを美しくする五つのポイント」等々——。その理由が二つであっても、方法が六つであっても、三つにし、五つにし、ともかく七・五・三にすることが読者にうけるコツだ、と言われる。私は名編集長の一言半句も聞きもらさないように敬聴したものである。

ある年の元旦、朝、目をさますと、妙に深閑としていた。起きて庭を見ると雪が積っていた。まだ小降りではあるが、粉雪が降っているのである。私は門のまえの道を雪かきした。年始に歩く人もなく、自動車《くるま》も通らない。静かというよりは、淋しいほどの元旦の朝であった。しかし、雪かきが済むころには雪もやんだ。私は思い立って扇谷さんのお宅に、年始に行くことにした。

一瓢を携えて平兵衛新田へ向かった。一橋大学の前の大学通りも人通りがなく、私は新雪を踏む思いで歩いた。扇谷邸も深閑としていた。ベルを鳴らすと、夫人が出てこられた。

「おめでとうございます」

「おめでとうございます。ずいぶんお早いこと。ところで、あなたのさげていらっしゃるものは何ですか」

「ウイスキーです」

「ウイスキーはここの家では不要になりました。そこへ置いて、どうぞお上がりください」

私は何か変な予感がした。応接間ではなく茶の間に通された。茶の間にはこたつがあって、こたつにどてら姿の扇谷さんがいた。いままで仮眠されてたようなたたずまいである。

「ずいぶん早いな、まぁ、めでたいんだろうな」

と言われた。その言葉に続いて夫人が、

「この家はひとつもおめでたくないんです。お正月なんか来てないんです。それに扇谷はつい先程、禁酒を誓ったところです」

えらいところに伺ったものである。そして扇谷さんが元旦早々禁酒されたいきさつが判った。

昨日、つまり去年の大晦日、仕事を終えて午後三時頃、扇谷さんはスタッフと社を出ておさめの盃をした。

一年の納めの盃はつい長くなった。七時に電話を入れて、すぐ帰ると言った。九時に電話を入れて、すぐ帰ると言った。何軒目かの店で紅白歌合戦が終り、次の店で除夜の鐘が鳴った。

その頃には家にした電話などは忘れてしまった。そして草深い里へ御帰館あそばしたのは元旦の午前三時を過ぎていた。雪が降り始めていた。

長年、新聞記者をし、週刊誌の編集をする主人《あるじ》を送り迎えした家である。午前三時など何でもないのだが、日が悪かった。扇谷さんは大いに反省し、そして禁酒を誓わされたのである。

正月の客膳が私の前にある。夫人のお酌で私は酒をいただいた。雪見酒である。こたつの中から扇谷さんが私を見ていた。何とも落着かない酒であった。

新しいお銚子をとりに夫人が立つ。

「うめェか？」

と扇谷さんが小声で聞く。また夫人がお銚子のおかわりに立つ。

「ビール、ビールを飲みなさい」

私はビールがいただきたいと夫人に言った。

夫人が何かの用で席を立つと扇谷さんが、

「そのコップを早く！」

と言う。すばやく私のグラスを扇谷さんに渡す。空のコップを受け取る。そんなことをくり返しているうちに、手渡しの最中にとうとう夫人に見つかってしまった。

「矢口っつぁんの説によるとビールは清涼飲料水だそうだ。ドイツでは小さな子供まで飲んでるそうだ」

夫人が新しいグラスを持ってこられて、そのグラスにビールをなみなみとついだ。

扇谷さんと私は、ビールのグラスで新年の乾杯をした。こうして扇谷正造さんの禁酒はわずか数時間で、破られたのである。

酒少々の私のたのしみ ● 佐多稲子

さた・いねこ
1904年長崎生まれ。小説家。『女の宿』で女流文学賞、「時に佇《た》つ その十一」で川端康成文学賞、『夏の栞』で毎日芸術賞受賞。その他おもな著作に『キャラメル工場から』『樹影』『月の宴』など。1998年没。

酒少々のたのしみなどと、大変酒のみみたいだけど、それほどのことはない。毎晩ビールの小びん一本をのむ。晩酌をするなどというのは老境にはいったせいかもしれない。小びん一本ではちょっと足りない。が、大びんでは多すぎる。それで小びんですませて別に酔いもせずに、ただ何ということもなく毎晩つづけている。のっけから御飯というのも味気ないというようなことなのである。

酒がのめるというのは親ゆずりの体質で、その親がまた子どもに対して親らしくなかったから、少女のときの私に、のめるだけのんでみろ、とすすめたことがあったりした。が、若いとき酒を運んで働いていたけれど、そういう仕事の上では酒をのむなどということはなかったし、その後の生活は一層、酒にえんはなかった。が、その親ゆずりの体質で、今から二十年ほど前の夏の夕方、壺井栄さんと新宿を歩いていてのどがかわいたとき、甘いものよりも辛いものがのみたくて生ビールを注文した。それが私の自分で酒をのみ出した最初である。壺井栄さんはのめないから私だけが生ビールのコップ一杯をとって、そのときうまかった。やっぱり酒は好きなのかもしれない。しかし私の酒ののみ方などは、酒をたのしむなどというしゃれたことにまで至らなくて、どうかすると、少し酔っぱらってみたいというお転婆的な欲求ではしゃぎ出したりする。酒をのむとおしゃべりになる。そこが自分でのねらいでもあって、それほど気が弱いとは自分でもおもわないが、とにかくおしゃべりになることはたしかなので、それが自分でもおもしろい。いつかある友達が、私に酒をのんだときのようなファイトが普段のときにあるといいのだが、と言ったことがある。これは私への批判だったろうとおもっている。また、あるときはひとりの友人から、酒をのんだときの私は、うるさ型になると言われた。それはそういううるさい問題を抱えているときだったからでもあるが、酔いに乗じて人にからむことがないでもない。どうも少しがさつだとおもう。醒めてから、自分のおっちょこちょいに厭になるが、対手も酔ったときならおたがいさま。そんなことで今までよりぐっと親しい気持になるのは酒のおかげだとおもう。

こう書いたからといって、酒がはいらなければ、人と親しい気持になれないとおもっているわけではない。もっとも生真面目に、ひとつの仕事を共にしたとき、何ともいえず急速に対手に親しみを感じる。先頃のアジア・アフリカ作家会議などはそういうときだった。それはともかく再び酒にもどれば、酔ったときの少々のはずした羽目はおたがいに許し合える友達がいておかげでたのしい。この間も池田みち子さんにすっかり介抱してもらって、甘ったれたような気分だった。今度はいつか私が池田さんを介抱したいとおもっている。

ビールと女

獅子文六

しし・ぶんろく
1893年神奈川生まれ。小説家、演出家、劇団文学座創設者のひとり。『海軍』で朝日文化賞受賞。『娘と私』『てんやわんや』など、作品の多くが映像化された。食通としても知られ『食味歳時記』『飲み・食い・書く』などの随筆がある。1969年没。

夏に向うと、私もビールを飲む。本来は、酒の方が好きなのであるが、暑くなれば、何といっても、ビールに手が出る。燗酒をウマく飲むためにも、まず一杯のビールで、口を冷やすのは、常法である。

ウマいビールを飲むためには、やはり、ビア・ホールへ行かねばならない。生ビールだけは、ハヤらない店のものはダメである。昔は銀座の某店、向島の某店、新宿の某店なぞ、よく飲み歩いた。この頃はメッタに足を運ばないが、それでも、薫風《くんぷう》が街を吹き抜ける時候になると、ちょっと、ビア・ホールの軒《のき》を潜りたくなる。そして、その度に、必ずといっていいほど、女性の同好の士を、ホールのどこかの隅で発見するのは、驚きであり、タノシミでもあった。

女がビールを飲んだって、何も驚くことはない。犬がビールを飲んだのではあるまいし、少しも異《い》とするに足りない。それを奇とする私が、時代遅れなのであって、ドイツの女は、水のごとくビールを飲む。家庭で飲み、ビア・ホールで飲む。イギリスの女も、軽ビールをよく飲む。もっとも、いわゆるパブなぞで、立飲みをしているのは、あまり体裁のいいことにはなっていないらしい。フランスの女も、ビア・ホールのない国だから、大ジョッキを抱え込む風体《ふうてい》は見られないが、ちょっとキャフェで休んだ時に、一杯のボックを註文するのは、極めて普通の現象である。ボックというのは、大型ワイン・グラス一杯の量で、ご婦人向きともいえる。

日本だって、キャフェの女給さんや、芸妓さんは、戦前から、よくビールを飲んでいた。さすがに、男性のみを対手とする接客業者であるから、飲みっ振りも、正統派であった。つまり、グーッと、一イキに飲む方法を心得ていた。ビールをウマく飲むには、その方法に従わねばならない。

しかし、彼女らは、彼女らの職場内でビールを愛飲していたので、街頭に進出することは絶無であった。女性が客として、ビア・ホールに現われたのは、戦後の特色といえる。戦前のビア・ホールは、完全なる男性の世界であった。そして、昨今ビア・ホールに現われる女性が、接客業者に非ずして、お嬢さんもしくはお嬢さん的外形に包まれるところに、著しい特色を感じさせる。良家の子女が、ビールを愛好し始めたのみならず、男性の世界に割込みを画したというところに、この現象の興味がある。

彼女たちは、ダンス・ホールに現われるお嬢さんと、多少、趣《おもむ》きを異《こと》にしている。もっと賢明な風貌《ふうぼう》を持ち、もっと堅実な化粧や服装をしている。一言にしていえば、知性に富むがごとき女性である。そういう女性が、ビールを愛好し、男性の領分に侵入し始めたという解釈も、成り立つのである。

彼女らは、男性と同伴の場合も多いが、最近では、彼女らのみ数人が、一卓を囲んでいる場合が、決して珍らしくない。もっとも、単独で、ジョッキを抱えてる例を、私はまだ実見していない。

私は男性として、かつビア・ホールの客として、彼女らの進出に、大歓迎である。少しだって、反対の意志を持たない。男ばかりの世界の保持なんて、旧思想であり、平和的でない。男性の庶民的クラブとして、従来のビア・ホールは、確かに殺風景であった。ビールのごとき弱い酒に酩酊して、喧嘩口論するなぞは、男性の恥であるが、女性——ことに知識的女性の入場によって、男性の客も紳士的自覚を昂《たか》めるだろう。紅一点の美的効果は、いうまでもない。第一、近頃の男性は、お好み焼屋なぞに、臆面もなく出入りするのであるから、その賠償《ばいしょう》としても、彼女らにビア・ホールの席を譲らねばならない。

そのように、私は女性がビールを愛好することにも、ビア・ホールに出現することにも、いささかの悪意も持たないが、女性の側《がわ》に立って、事実を考えると、多少、首をヒネる点がないでもない。

まず、ビールが女性の飲料として、適してるか否かの問題である。ビールが最も酒精分の少い酒、弱い酒であるから、女性向きと考えるのは、一種の女性蔑視を感じさせる。女性の方が酒に弱いというのは、戦前の相場であって、近頃は男性を凌《しの》ぐ連中が、ずいぶん多いらしい。私の知合いの雑誌社は、春や秋に、全社員の慰安旅行を催すが、箱根や熱海の旅館で宴会が開かれる場合、最も多く飲み、最も泰然としてるのは、酒豪と呼ばれる男社員でなくて、まだ若い女社員たちだそうである。その女社員も、高校出よりも、女子大出の方が、酒精に対する抵抗が強いという話である。もし、これが真ならば、女性の教養と酒量の関係について、興味ある研究の対象となり得るだろう。しかも、彼女らがビールよりも、日本酒、ウイスキーを、多量に飲用していたと聞いて、私の驚きは倍加するのである。

弱い酒だから、女性向きといえないのは、当然であるが、ビールの該当性《がいとうせい》が、他にあるかどうか。現在の女性は、あらゆる自由を持っているから、どんな酒を飲んだって、悪いということはない。問題を、喫煙の方へ持っていくならば、どんな女性がシガレットをクワえても、誰も訝《あや》しむものはない。現今、女性は専売局の好顧客である。しかし、まだ一人の彼女も、シガーをクワえているのを、見たことはない。この光景は、壮観だろうと、期待しているが、実見の機が到らない。マドロス・パイプも、同様である。

そういう点で、現在の段階では、女性と調和を欠く男子専科品があるのだろう。それでは、ビールはどうかとなるが、すでに彼女らが飲用の流行を始めてるくらいで、必ずしも不調和とはいえない。しかし、打ってつけの女性好飲料といえるかどうか。

これを、諸外国の風習に照らして見ると、前述のごとく、ビールは、いずれの国の女性も飲むことは飲むが、愛飲というわけではない。試みに、ヨーロッパの若い女性に、ビールはお好きですかと、訊《き》くならば、十人が十人、興《きょう》のない顔で、好きでも嫌いでもないと、答えるだろう。もし例外があれば、ババリアの肥《ふと》った婆さんぐらいで、これは赤蕪《あかかぶ》を齧《かじ》って、ビールを飲むタノシミを奪われるなら、死んだ方がいいというかも知れない。その他の女性だったら、ビールを水と酒の中間に属する飲料と考え、嗜好品《しこうひん》としては重要視しないだろう。ある種の女は、ビールなんてツマらない酒は、男の飲むものよ、というかも知れない。というのも、女向きの酒が、他に沢山あるからだろう。シャンパンとくれば、猫にマタタビのごとく、女が飛びつくから、これを口説酒《くどきざけ》に利用する男も少くない。その他、チェリィ・ブランディのごとき、ポルトウのごときが、昔から、朱唇をもって舐《な》めるに向いている。甘口のカクテールなら、さらに近代的であろう。むしろ、ヨーロッパの方が、女向き、男向きの酒の区別が、ハッキリしている。女向きの酒の方が、女にはウマいという事実があるから、何も好んで、ビールのような中間小説的飲料に手を出さんでもいいということになる。

実際、彼女らがビールを飲むのは、渇《かつ》を癒《い》する目的が主であるらしい。フランスの女がボックを一杯飲むのは、乾いた喉《のど》を潤《うるお》すのに適量だからだろう。だから、ビールに酔った女など、一度だって、見たことはない。ホロ酔いにさえなりはしない。ヨーロッパの男は、日本男より酒に強いが、女だって、生まれながら左党の血を持っている。アルコールを蛇蝎《だかつ》のごとく嫌う女は、時として、アメリカにいるに過ぎない。

最近の日本で、ビア・ホールへ現われる女性は、外国の女のような気持で、ビールを飲んでるかどうか。中間小説というよりも、純文学のつもりで、ビールを飲んでる趣きがないでもない。それは、一つの誤解である。そういえば、彼女たちは、まるでリキュールを飲むがごとく、ビールをチビ飲みしているが、これはまた誤法であって、ババリアのお婆さんのごとく、グイ飲みをするのが、オーソドックスだろう。グイ飲み一度の量は、ジョッキの1/4ぐらいが適当だろう。なに、ムツかしいことではない。戦前の姐《ねえ》さんたちは、易々《いい》としておこなっていた。そして、グイ飲みと次ぎのグイ飲みの間は五分かかっても、十分かかっても構わないから、その間に、たんとオシャベリをする。

グイ飲みは、色気がない難点があるが、これは、ビールそのものが、本来、色気のない飲料なのだから、どうも仕方がない。チビチビ飲んだところで、とても、色気の醸成はむつかしい。

それから、もう一つ、ビールと女性の結びつきに、難点がある。

これは、いささか不躾《ぶしつ》けに亙《わた》るから、まず、男性である私の経験を語り、それが女の身だったら、どのような困難を惹起《じやつき》するかと、想像に訴える方法をとることにする。私は、べつに解剖学に明るいわけではないが、常識としてその種の臓器や導管は、女性の方が弱小であることを知っている。

私がミュンヘンへ行った時の話である。

最初、ベルリンで、さすがにドイツのビールはウマいと感じたのだが、ミュンヘンへ赴《おもむ》くと、これが、ベルリンの百倍ぐらいにウマい。こんなビールのウマい都へきて、飲めるだけ飲まなければソンだという気になった。まず、有名な州立ビア・ホールで飲み、街のビア・レストランで飲み、キャフェのようなところでも飲み、もう一度、州立ビア・ホールへ戻って飲みという工合に、飲み歩いた。いくら、ミュンヘンのビールがウマくても、しまいには、飽き飽きしてしまったが、それでも飲み歩いたというのには、理由があった。

一軒のビア・ホールを出て、往来を歩いてると、ビールにつきものの生理現象を起す。ところが、清潔美をもって鳴るミュンヘンの市街には、街路のW・Cが見当らない。その方の設備に欠くところなきパリに住んでいたから、これは不意討ちの苦しみだった。

「君、弱ったよ。何とかしてくれ」

私は、私を案内してくれたドイツ通の友人に嘆願した。

「公園まで行けばあるが、とても遠いのだ。どうしても、辛抱ができなければ、そこのビア・ホールへ入って、用を足し給え」

その目的をもって、私たちは、手近なビア・ホールへ入るのだが、入った以上、そのまま出てくるわけにいかない。一杯のジョッキを註文する。これがまた、ウマいのであるから、残して帰る気になれない。そして、再び街路へ出て、しばらく歩くと、君、弱ったよ、何とかしてくれという状態に達する。

私がミュンヘンで演じたハシゴ飲みは、半ばその理由だったが、いかに東京が不潔美をもって鳴る都市にせよ、ビールを愛好するのは知性的女性であるから、あすこへ駆け込むのは、不調和を感じさせる。デパートを利用したくても、その頃は、婦閉店時間かも知れない。われわれが、人気《ひとけ》なきを見すまして行うような所業を、一人に勧めるわけにいかないとすると、彼女らが街でビールを飲むということに、一考を要することになる。

いや、決して、女性がビールを飲むのに、反対しようというのではない。そんなことをいえば、ビール会社に叱られるし、女権の侵害にもなるし、面白くない。ただ、一国の女性が、俄然、ビールを愛好し始めたという事実は、多少の世界的ニュース性を持ってると考えられる。べつに、風俗的、衛生的に、弊害の認められることではない。飲みたければ、たんとお飲みなさい。

デンマークのビール

北大路魯山人

きたおおじ・ろさんじん
１８８３年京都生まれ。陶芸家。東京に会員制の高級料亭〈星岡茶寮〉を開くなど、美食家として名をはせた。書や篆刻《てんこく》、日本画で身を立てた後、料理を美しく盛るための陶芸の制作にも打ち込んだ。１９５９年没。

小島政二郎君

ロンドンに向かう途中、カナダのグース・ベイ飛行場にて、天候回復を待つこと十二時間。

われわれ乗客のために、朝食に出たベーコンはうまかった。アメリカ、イギリス、フランス各国で口にしたベーコンのうち最上の味でした。

五月四日午前一時ロンドン着。三日間滞在。

イギリスの耐乏生活は日本のそれとは比較になりません。豊かな、羨望したいくらいのものです。なるほど、イギリス人は、見たところも実感も質素ですが、それはイギリス人にとってそうなので、日本人の目から見れば、羨ましいくらいの生活です。ハイド・パークの近所にあるデパートの商品などを例にとってみても、立派なものばかりです。

ロンドン子の歩き方の早いこと。活動性に満ちあふれています。

今までイギリスは食べ物のまずい国とされていましたが、聞くと見るとでは大違い。さすが古い国柄だけあって、アメリカなどとは比較にならないくらい格式があり、なにかにつけて行き届いていて、味も優れています。

ロンドンに着いたら、なにはおいてもビーフステーキを試食するのを楽しみにしていましたが、残念なことに、ここではまだ肉が配給制度なので思うにまかせず、統制がまだこの念願は叶《かな》えられずにいます。僕がロンドンを去ってから間もなく、統制が解除されたそうで、もう一ぺんロンドンへ引き返そうかと考えています。

ビール好きの僕、相変わらず毎日ビールを飲んでいますが、日本を離れていちばんうまかったのは、ニューヨークのロシア料理店で出された「チュボルク」というデンマークのビールでした。このビールはコクがあって、日本のどのビールよりもうまいのはもちろん、アメリカ、イギリス、ドイツ、チェコスロバキア、フランスのビールよりもうまい。アメリカのシュリッツというビールも、日本のキリンよりうまい。

アメリカに来ている日本のビールは、かん詰のアメリカビール程度にまずい。ここにおいて、ビールもまた新鮮を尊ぶことを知りました。アメリカで飲んだドイツビールは、評判ほど、うまくありませんでした。

これは、長い道中、船に揺られ、汽車に揺られて来るせいで、この長い間に大事なものが抜けてしまうのではないかと思います。「ビールは大壜《びん》より小壜の方がうまい」と始終いっていましたが、こちらに来て、いよいよ僕のこの考え方が正しいことを確認しました。日本を一歩踏み出すと、どこの国でも全部小壜ばかりです。日本も一日も早く小壜主義にならなければ嘘だと思います。

五月七日パリ着。フランスのビールはとりわけまずい。これはフランスに良水がないせいでしょう。チェコスロバキアのビールは、ちょいと中将湯《ちゅうじょうとう》のようなにおいと味とを持っています。ドイツのビールは、ここでも評判ほどうまくありません。この程度のものなら、なにもわざわざビールのためにドイツへ行くまでもないと目下、思案最中です。

次便はいよいよフランス料理について。

しずかなる決闘

遠藤周作

えんどう・しゅうさく
1923年東京生まれ。小説家、評論家。『白い人』で芥川賞、『海と毒薬』で新潮社文学賞、毎日出版文化賞、『沈黙』で谷崎潤一郎賞受賞。その他おもな作品に『イエスの生涯』『男の一生』などのほか『ぐうたら人間学』などのエッセイでも知られる。1996年没。

ビールを飲むとトイレに行く回数が多くなる。

ニューヨークの日本料理店で若い邦人画家とビールを飲んでいたら、その青年が、

「失礼」

三分か四分おきにトイレに行く。始めは何とも思っていなかったが、そのうち一寸、話しただけで、

「失礼」

トイレに駆けこんでしまう。向うも神経的に尿意を催すようになって、ちょうどシャックリと同様、おさえがきかなくなっているのだ。可笑しいやら、気の毒やらで五、六回目に彼が戻ってきた時、二人で笑いだしてしまった。

狐狸庵から東京の真中まで車で一時間半ちかくかかる。深夜など、飲んでタクシーをひろい、一時間半、車にゆられていると、トイレに行きたくなることが時折ある。

あれは、ちょうど産気づいた女性の陣痛とよく似ていて、痛みならぬ尿意が、次第に間隔をちぢめて波のように押しよせてくるものだ。

はじめは七、八分に一度ぐらい、その波はゆっくりとやってくる。

しばらくすると、これが三、四分に縮まってくる。一生懸命にこらえていると、やがて波は引き、やっと一息ついていると、ふたたび、遠くから押しよせてくる感じだ。

これが目的地ちかくなってくると、三十秒ごとにピッチをあげまさに波がしらがくだけるがごときだ。もうすぐ家だヨ、もうすぐ便所だヨと考えるともう抑制力もきかなくなってくるのである。

心のなかで、そういう時は唄を歌って、瞬時でも気をまぎらわしたほうがいい。

えっさ、えっさ、えさホイのサッサ

お猿のカゴ屋は

ほいサッサ

私の研究によると、この歌はかなり尿意と闘うのに効果がある。童謡にしてはテンポが早いからだろう。逆にのんびりした曲はかえって波を助長させるようで、

命、みじかーし

こいせよ、おとめ

こういう唄で気をそらそうとしても絶対だめである。あまりにノンビリとしていて、気がまぎれないのである。

もう一つの方法は、これは宮本武蔵が発見した秘伝であるが、そういう時、膝関節の真中を人さし指でグッと押える。するとパッと烈しい尿意が消えるという。むかしの武士は城中でお殿さまがおられる時は、こうして恥をかかぬようにしたらしいのである（しかし私の経験ではあまり役にたたない。むしろ太股をギュッとつね

じあげたほうがいい)。

車が交叉点などでとまり、赤信号がなかなか青信号に変らぬ時などは脂汗のにじむほどつらいであろう。そういう時はあたりかまわず叩いても必死にこらえねばならぬ。

そういう苦しい、苦しい過程を経て、ようやく家なり、公衆便所に到着し、そしてそこに駆けこみ、すべてが解放された時ほどシアワセでウレシクッて――生きていることの悦び、五月の春風そよそよと、ひろきを己が心ともがなという心境になる時はない。

我々は男だからお産の経験がないが、十カ月、重くるしいお腹をもった妊婦が安産した時の悦びにあれは似とるんじゃなかろうか。

今は夜中の三時すぎ
凸凹おやじが飛びおきて
便所と戸棚を間ちがえて
アーッという間に寝小便

生ビール ● 吉村昭

よしむら・あきら
1927年東京生まれ。小説家、ノンフィクション作家。『星への旅』で太宰治賞、『ふぉん・しいほるとの娘』で吉川英治文学賞受賞。その他おもな著作に『戦艦武蔵』『関東大震災』『ポーツマスの旗』『桜田門外ノ変』など。2006年没。

今年の夏の猛暑に体調が乱れ、私にとって最も厳しい夏バテを味わった。食欲は失われ、二十日間近く寝たり起きたりの生活であった。その間、断酒をつづけ、八月下旬に至ってようやく酒を口にした。

体調に故障がない限り、毎夜自宅で九時から酒を楽しむ。外出した時には六時頃から飲み、十時すぎに帰宅すると、未練がましくウイスキーの水割りを飲む。週に一回休肝日などという説があるようだが、私には関係ない。毎夜飲んで就寝するのが私の健康を維持してくれている。

外で友人、知人と酒を飲むのは楽しいものの、稀ではあるが、議論をたたかわす人がいると、うんざりする。アルコールが入っているので気がたかぶり、激論になることもある。私は白けた気分になり、早くこの場からはなれて帰宅したいと思う。

小料理屋で出版社関係の人と飲んでいた時、その社の幹部の人が、突然、自殺した高名な作家の死についてどう思います？　と真顔で言った。

簡単に答えられることではなく、私は当惑した。第一、酒の席でそのような問いかけをされるのは迷惑である。私は、口ごもり、答えにもならない言葉を発し、その時もさり気なく席を立って早く家に帰りたい、と思った。

酒の席は、すべてがなごやかでほのぼのしたものでなければならない、と思っている。旅や食物のことなど、他愛ないことのみを話し、むずかしい話は御免である。席の空気はおだやかで、それによって酒はことのほかうまく、同席する人への親しみも増し、幸せな気分になる。これが酒の大きな魅力である。

昨年の夏、内藤初穂《はつほ》氏と宮澤眞一氏を誘ってビヤホールで飲んだ。内藤氏は、幕末から維新にかけて激しく動いたイギリス商人グラバーについて十年間調査している、五歳年長の作家で、宮澤氏は幕末に来日したイギリス人の研究をしている大学の英文学の教授である。私が引合わせたのである。

初対面の二人は飲みはじめると、すぐに主としてグラバーのことについて熱心に話しはじめた。私は全く無言でその話をきいていたが、快い酔いに身をひたしていた。幾分はグラバーの知識を持っている私だが、二人の会話はグラバー研究の最も高度な得がたい質のもので、その内容に聴き惚れた。

酒にむずかしい話は禁物だと思っていたが、生ビールを飲みながら私は、こんな素晴しい酒もあるのだ、と思い知った。

ビールは小瓶で ● 長田弘

おさだ・ひろし
1939年福島生まれ。詩人。『私の二十世紀書店』で毎日出版文化賞、『森の絵本』で講談社出版文化賞絵本賞、『世界はうつくしいと』で三好達治賞受賞。その他おもな著作に『深呼吸の必要』『記憶のつくり方』『奇跡—ミラクル—』など。2015年没。

そうすることが楽しいからそうしたいと、ふだん胸に決めているじぶんとの約束がある。ほんとうはどうでもいいようなことかもしれないのだが、その約束は、できるだけやぶりたくないし、やぶらないようにしたいとおもう。楽しい約束はきっちりとまもるほうが、楽しいからだ。そうしたじぶんでじぶんにまもりたいとおもうもっとも楽しい約束の一つは、街の店で飲むビールの飲み方かもしれない。

「ビール」というだけで、あとはわいわいがやがや、大瓶からたがいのコップに注ぎあう。あるいは、生ビールをジョッキで一気にあおるように飲む。そういう飲み方だっていい。しかし、そうではなくて、孤独な時間をもとめて、なにより渇いたこころの親しい友人として、ビールを楽しんで、いわば友人としてのビールと寡黙につきあうというのが、いつかわたしには、じぶんで決めた楽しい約束になった。

一日が暮れてゆくとき、街にでて、好きな店に寄る。見知らぬ人びとのあいだにじぶんの場所をみつけ、黙って身をおいて、ビールを親しい友人として、飲む。ドラフト・ビールならば、もちろんビア・カウンターのある店で、立ったまま飲むのがいい。ジョッキよりも、やわらかな曲線を持つ背の高いコップがいい。掌にしっくりとくるコップの感触を確かめながら、最初の一杯のゆたかな泡に口をつけるときの、密かな一瞬の楽しみ。

そうでなければ、天井が高くて、おおきな木のカウンター・テーブルのある店で、止まり木に身をのっけて、小瓶で飲むのがいい。小瓶は手酌だ。無論ロング・ネックの小瓶がいい。しっとりとよく冷えた瓶をかたむけて、これも冷えたコップにゆったりと注ぐ。なめらかな泡のつぶつぶがすーっと上ってくる。ビールの泡立ちは、その日のじぶんのこころの泡立ちをそのままにうつしているとおもう。

ビールのちいさな一本の瓶には、とても寛《ひろ》やかな時間がいっぱいに詰まっている。その寛やかな時間を、黙っていっぱいに飲みほす。じぶんの一日にけっして失くしたくないもの。なにより寛やかな一人の時間。

収録作品一覧

「妻に似ている」川上弘美／『ゆっくりさよならをとなえる』（新潮文庫）
「とりあえずビール」阿川佐和子／『残るは食欲』（マガジンハウス）
「ブルー・リボン・ビールのある光景」村上春樹／『村上ラヂオ3　サラダ好きのライオン』（マガジンハウス）
「炎天のビール」山口瞳／『酒呑みの自己弁護』（ちくま文庫）
「ピルゼン」吉田健一／『舌鼓ところどころ』（中公文庫）
「駅前食堂のビール」川本三郎／『東京暮らし』（潮出版社）
「列車でビール　長旅には酒器を連れて」恩田陸／『作家の口福』（朝日文庫）
「もうしわけない味」平松洋子／『おとなの味』（新潮文庫）
「ビールのおつまみ」辰巳浜子／『料理歳時記』（中公文庫）
「ビールの話」岩城宏之／『棒ふりの休日』（文藝春秋）
「タンタルス（上）」内田百閒／『タンタルス　内田百閒集成11』（ちくま文庫）
「あの日に帰りたいビール腹おじさん」大竹聡／『まだまだ酔ってません　酒呑みおじさんは今日も行く』（双葉文庫）
「生のモンダイ」椎名誠／『突撃　三角ベース団』（文春文庫）

「ビールの味と味わい」村松友視／『酒の上の話』（世界文化社）
「ビール雑話」阿川弘之／『食味風々録』（新潮文庫）
「ビールが人を殺した話」伊藤晴雨／『ほろにが通信』（朝日麦酒）
「『泡はビールなりや否や』事件」坂口謹一郎／『酒中つれづれ　坂口謹一郎酒学集成4』（岩波書店）
「ビール」星新一／『きまぐれエトセトラ』（角川文庫）
「不味いビール」小泉武夫／『不味い！』（新潮文庫）
「独逸と麦酒」森茉莉／『森茉莉全集3』（筑摩書房）
「地ビール」種村季弘／『徘徊老人の夏』（筑摩書房）
「涙を流した夜」北大路公子／『頭の中身が漏れ出る日々』（PHP文芸文庫）
「ピルゼンのピルゼン」開高健／『開高健全集　第15巻』（新潮社）
「ビールへのこだわり」千野栄一／『ビールと古本のプラハ』（白水Uブックス）
「生ビールへの道」東海林さだお／『鯛ヤキの丸かじり』（文春文庫）
「九月の焼きそビール」久住昌之／『野武士のグルメ　増量新装版』（晋遊舎）
「倫敦のパブ」小沼丹／『小さな手袋／珈琲挽き』（みすず書房）
「ビールの泡」田中小実昌／『ほろよい味の旅』（毎日新聞社）
「気がつけば枝豆」角田光代／『今日もごちそうさまでした』（アスペクト）
「お酒のにおいをよこすのだ！」赤塚不二夫／「天才バカボン」より
「ネパールのビール」吉田直哉／『ネパールのビール』（文藝春秋）

「私の酒歴書　スプーン一杯のビール」立松和平／『スプーン一杯のビール』（河出書房新社）
「ストリップとビヤホール」石堂淑朗／『酒との出逢い』（文春文庫）
「ビール会社征伐」夢野久作／『夢野久作全集7』（三一書房）
「ニガし／やっぱりニガし」伊藤比呂美／『ウマし』（中央公論新社）
「酒徒交伝（抄）」永井龍男／『永井龍男全集　第十一巻』（講談社）
「ビールの話　らものらっぱ呑み」中島らも／『せんべろ探偵が行く』（集英社文庫）
「ビールを、もっとビールを」矢口純／『酒を愛する男の酒』（新潮社）
「酒少々の私のたのしみ」佐多稲子／『日本の名随筆11　酒』（作品社）
「ビールと女」獅子文六／『獅子文六全集　第十五巻』（朝日新聞社）
「デンマークのビール」北大路魯山人／『魯山人の美食手帖』（グルメ文庫）
「しずかなる決闘」遠藤周作／『狐狸庵食道楽』（河出文庫）
「生ビール」吉村昭／『縁起のいい客』（文春文庫）
「ビールは小瓶で」長田弘／『小道の収集』（講談社）

・本作品はPARCO出版より2014年7月に刊行された『アンソロジー　ビール』を改題し、再編集して文庫化したものです。
・「ブルー・リボン・ビールのある光景」（村上春樹）、「ビール会社征伐」（夢野久作）、「ニガし」「やっぱりニガし」（伊藤比呂美）、「ビールの話」（中島らも）、「デンマークのビール」（北大路魯山人）は、文庫化にあたり新たに収録したものです。

本書には、今日の見地からは不適切と思われる語句や表現がありますが、作品発表時の時代背景と文学性を鑑みて、作品の形を尊重し、発表当時のまま掲載いたしました。

著者

赤塚不二夫／阿川佐和子／阿川弘之／石堂淑朗／伊藤晴雨／伊藤比呂美／岩城宏之／内田百閒／遠藤周作／大竹聡／長田弘／小沼丹／恩田陸／開高健／角田光代／川上弘美／川本三郎／北大路公子／北大路魯山人／久住昌之／小泉武夫／坂口謹一郎／佐多稲子／椎名誠／獅子文六／東海林さだお／辰巳浜子／立松和平／田中小実昌／種村季弘／千野栄一／永井龍男／中島らも／平松洋子／星新一／村上春樹／村松友視／森茉莉／矢口純／山口瞳／夢野久作／吉田健一／吉田直哉／吉村昭（50音順）

だいわ文庫

おいしいアンソロジー ビール
今日《きょう》もゴクゴク、喉《のど》がなる

著者 阿《あ》川《がわ》佐《さ》和《わ》子《こ》 他《ほか》

二〇二三年七月一五日第一刷発行
二〇二四年六月一日第四刷発行

発行者 佐藤 靖
発行所 大和《だいわ》書房
東京都文京区関口一－三三－四 〒一一二－〇〇一四
電話 〇三－三二〇三－四五一一

フォーマットデザイン 鈴木成一デザイン室
本文デザイン 藤田知子
親本選者 杉田淳子
本文印刷 信毎書籍印刷
カバー印刷 山一印刷
製本 小泉製本

ISBN978-4-479-32062-3
乱丁本・落丁本はお取り替えいたします。
https://www.daiwashobo.co.jp

「おいしいアンソロジー」シリーズ

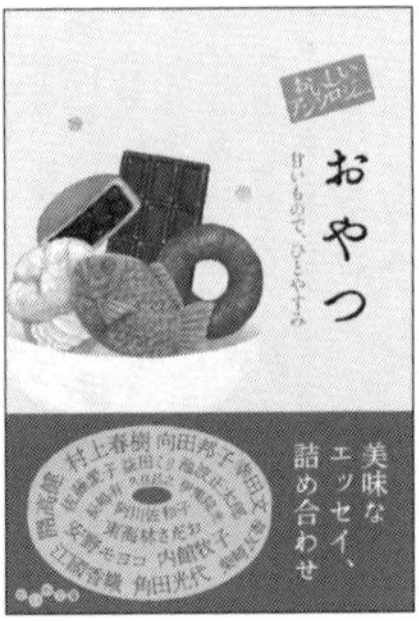

おいしいアンソロジー　おやつ

甘いもので、ひとやすみ

阿川佐和子 他／八〇〇円

おいしいアンソロジー　お弁当

ふたをあける楽しみ。

阿川佐和子 他／八〇〇円

定価は本体価格です。定価は変更することがあります。